Greta Nielsson

Ich bin die Nachgeburt

Roman

Für meinen Sohn
und für mich!

Greta Nielsson

Ich bin die Nachgeburt

Roman

Bibliografische Information der Deutschen Nationalbibliothek:
Die Deutsche Nationalbibliothek verzeichnet diese Publikation in der
Deutschen Nationalbibliografie; detaillierte bibliografische Daten
sind im Internet über http://dnb.dnb.de abrufbar.

© 2017 Greta Nielsson

Umsetzung: Alexandra Brosowski

Herstellung und Verlag: BoD – Books on Demand, Norderstedt

ISBN 978-3-7460-2279-6

Dieser Roman basiert auf einigen Erlebnissen meines Lebens. Darüber hinaus ist jede Ähnlichkeit mit lebenden oder toten Personen sowie realen Geschehnissen rein zufällig und nicht beabsichtigt.

Prolog

Zwei Schwestern, die im Krieg geboren wurden und der Krieg zwischen beiden niemals aufgehört hat. Der Kampf begann bereits im Mutterleib. Enge und ärmliche Verhältnisse trugen mit dazu bei, als sie auf der Welt waren. Die Ohnmacht, Kinder richtig zu erziehen, das Unwissen und die Hemmnisse es zu erkennen, brachte oftmals das Fass zum Überlaufen. Prügelstrafen, Hausarrests und Verbote waren an der Tagesordnung und führten kaum zum Ziel. Kleinbürgerliches Moralempfinden erstickte spontanes und freudvolles Leben meist schon im Keim. Aus der Reihe tanzen wurde nicht toleriert. Alle mussten in der Familie gleich sein. Keine eigene Identität wurde zugelassen. Schon gar nicht für Zwillinge. Vieles spielte sich im Verborgenen ab. Kein sich mitteilen, wenn Probleme den Alltag belasteten. Ich war allein. Kein Verständnis, keine Umarmung, kein Aufmuntern, nur Kritik. Eine fast freudlose Kindheit, wenn man nicht die Gabe hatte, in kleinen Dingen ganz großes zu sehen. Selbstvertrauen musste ich mir selbst hart erarbeiten, ohne dass die Familienmitglieder es merkten. Auslachen, den anderen lächerlich machen, um von sich selbst abzulenken, den anderen dabei in die zweite Reihe schieben, war das Talent des einen Zwillings – meiner Schwester. Angst vor Konkurrenz, Angst, nicht die Erste zu sein, Angst, nicht die Schönste zu sein, Angst, nicht die Beste zu sein. Entsetzliche Angst davor, dass alles mal raus käme, was niemand jemals erfahren sollte. Neid, wenn der andere Zwilling, ich, besser war oder mehr hatte, was immer es auch sein mochte. Ich schwieg zu all dem. Auch zu den schlimmsten Dingen, die mir auf der Seele lagen. Das hat auch Schlimmeres verhindert.

Eigentlich wollte man mich wegschmeißen

Eigentlich hob man alles auf, wer wusste schon, ob man es jemals wieder bekommen könnte. Es war Krieg und alles war so sinnlos. Meine Geburt fing mit einem Faustschlag an. Den gab es bereits im Mutterleib. Jedenfalls blutete ich auf der Nase, als ich das Licht der Welt erblickte. So erzählte man es sich beim Kaffeekränzchen mit Verwandten und Nachbarn. Wahrscheinlich wollte ich zuerst raus. Mir war es dort zu eng, wo ich gerade war, denn das andere Wesen neben mir war doppelt so dick und nahm mir die Luft weg. Das andere Wesen gewann den Kampf. Plötzlich hatte ich Platz. Ich genoss noch kurz den großen Raum und machte mich dann auf den Weg. Man wartete draußen nicht auf mich, sondern auf die Nachgeburt. Der Arzt war schon gegangen und die Hebamme geriet plötzlich in Panik. Sie rannte aus der Wohnung, den engen Gang zur Straße entlang und schrie dem Arzt hinterher: „Da kommt noch eins!" Ich rutschte unerwartet nach. Ungewollt und doch da. Eine Nachgeburt mit beweglichen Armen und Beinen und schreiend.

Der frühe Morgen brachte doppeltes „Glück". Ratlos und auch ziemlich fassungslos standen Arzt und Hebamme mit Oma und Opa im Schlafzimmer von meinen Eltern herum. Da stand das dunkelbraune Doppelbett mit den dreiteiligen Matratzen und der weißen Bettwäsche. Links und rechts die Nachtschränke und Platz neben den Betten für viele Kindskieker. Der alte braune, dreitürige Kleiderschrank gegenüber verdunkelte das Zimmer zusätzlich. Es war noch früher Morgen an diesem Septembertag. Mein Vater war nicht da. Er kämpfte für das Vaterland an der Ostfront. Genau wusste es keiner. Meine Mutter und er hatten sich 1943 im Bahnhofshotel kennengelernt. Meine Mutter, Kaltmamsell in der Hotelküche, folgte einer entlaufenen Katze, die sich zu den Soldaten in die Empfangshalle flüchtete. Mein Vater fing die Katze ein und übergab sie meiner Mutter. Die Verlobung folgte Ende 1943 im Hause von Oma und Opa. Heirat März 1944 in Neumünster. Kein Hochzeitskleid, keine kirchliche Trauung. Der Abmarschbefehl bestimmte die Feier. Er wusste, dass Nachwuchs erwartet wurde. Wenn es ein Mädchen werden würde, sollte es Berta Marie heißen und ein Junge Gerald. Nun waren da zwei Mädchen. Ich habe den ganzen Plan durcheinander gebracht. Bin gerade auf der Welt und verursache schon Chaos. Welchen Namen wollten sie mir geben? Es fiel ihnen kein ähnlich klingender Name ein. Ich war nun mal die Zweite. Was würde passen? Lange hat man wohl nicht überlegt.

Greta war geboren. Wie einfallslos. Wie unpassend oder doch passend? Schließlich waren wir Zwillinge. Ähnlich klingende Namen wären hier doch angebracht gewesen. „Heidemarie, Annamarie, Anneberta, Geraldine" hätten mir auch gefallen. Aber so ein ganz anderer Name. Wie könnte man ihn abwandeln? Mit „i" am Ende? Wie klein! Niedlich wollte ich nun wirklich nicht sein. In der Straße waren wir eine Sensation. Zwillinge, das war was. Wir sahen beide gleich aus, nur die Erstgeborene hatte doppeltes Gewicht, während ich mit streichholzdünnen Fingern nach dem Leben griff. Alle waren froh darüber, dass während der Niederkunft meiner Mutter keine Luftangriffe stattfanden. Die kamen aber später über andere Stadtteile. Gegenüber auf der anderen Straßenseite von Omas und Opas Haus war in einem Mädchenheim ein Luftschutzraum. Dicht gedrängt zwischen all den Menschen standen die Kinderwagen mit schreienden Babys. Angeblich sollen wir beide immer ruhig gewesen sein. Wahrscheinlich, weil der Fußboden des Kellergewölbes bei den Bombeneinschlägen vibrierte.

Im Oktober 1944 wurde versucht, die Eisenbahnstrecke Hamburg-Kiel durch Bomben zu zerstören. Der nördliche Teil der Stadt wurde getroffen, nur die katholische Kirche in der Nähe der Bahngleise nicht. Der nächste Angriff erfolgte Anfang November 1944 wieder im nördlichen Teil. Es starben viele Menschen. Die Ancharkirche in der Christianstraße wurde teilweise zerstört. Die meisten aus unserer Straße flüchteten zum Friedhof oder suchten Schutz in den Luftschutzräumen. Im Winter 44/45 blieben die Luftangriffe aus. April 1945 ging es wieder los. Die Stadt wurde mehrmals gnadenlos bombardiert. Brachenfeld und Umgebung und auch unsere Straße blieben verschont. Es war eines dieser kleinen alten Fachwerkhäuser aus dem Jahre 1850, das Oma und Opa gehörte mit einem großen Versorgungsgarten mit verschiedenen Obstbäumen, Strauchfrüchten, Gemüsesorten, Kartoffeln und Hühnern. Ganz hinten im Garten war der Brunnen mit Wasserpumpenschwengel. Den nutzten viele Nachbarn, wenn das Wasser mal wieder knapp wurde. Im Haus wohnten noch Onkel Otto mit seiner

Frau Agnes und den Söhnen Günther und Hans-Otto und Tochter Helga. Hans-Otto wurde einen Tag nach der Hochzeit meiner Eltern geboren. Ich fragte in späteren Jahren bei meinen Eltern nach, ob sie damals nicht neidisch auf Onkel und Tante waren, zumal sie einen Tag vorher geheiratet hätten. Sie hätten doch das Kind vom Klapperstorch kriegen müssen! Oder? Das Kind hätte ihnen doch zugestanden.

Helga und Günther waren die älteren Geschwister von Hans-Otto. Die drei Kinder hatten oben im Dachgeschoss zum Hof raus zwei ausgebaute Räume zum Schlafen mit Waschgelegenheit. Nach vorne oben zur Straße hin die Einzimmerwohnung mit Küche war vermietet. Toilette im Hausflur unten. Toilettenpapier bestand aus ordentlich gerissenen Rechtecken aus alten Zeitungen oder aus roten Spitztüten vom Kaufmann. Saugfähiges Papier wurde nie weggeworfen, sondern in der Kammer auf einem Stapel fein säuberlich und glatt gestrichen aufbewahrt. Die einzelnen Zettel spießte man dann in Reichweite auf einen Nagel in dem Toilettenverschlag auf. Oberhalb der jeweiligen Schüsseln, der Wasserbehälter mit Zugketten und weißblauen Keramikbommel. Die Wohnung zum Hof hatten meine Eltern, zwei Zimmer Südseite, Küche mit Eingang vom schmalen „Knüppelgang" zwischen den Häusern, Kammer, Plumpsklo genannt „Tante Meier" auf dem Hof, im Stall, ohne Licht. Taschenlampe war mitzunehmen. Im Wohnzimmer vor dem Fenster befand sich ein brauner Rauchtisch und links und rechts davon je ein weinroter Plüschsessel mit offenen geschwungenen, schmalen Holzlehnen. Der Sesselrücken hatte in breiten Abständen zwei farblich passend aufgenähte Kordeln, die ein wenig Verzierung brachten. An der Außenwand zum schmalen Gang stand ein schwarzbrauner halbhoher Wohnzimmerschrank Hochglanzlack mit Schiebetüren, in der Mitte ein Fach verglast, Sichtfenster für das gute Geschirr. Alle Türen waren mit einem schmalen Messingband umrandet. Er hatte schräg nach außen stehende runde dünne Beine. Der Fußboden bestand aus dicken Holzbohlen, die dunkelrot gestrichen waren. Unten drunter war Sand. Inmitten des Raumes befanden sich ein großer, runder, dunkler Holzesstisch und vier Stühle; Rückenlehnen, die in Wellen unterbrochen waren, gepolsterte Sitze im roten robusten Blumendruckmuster zum Herausnehmen. Ein halbhoher Kachelofen an der Wand zur Küche wärmte das Wohnzimmer. Links zur Schlafzimmertür stand die mechanische Singer Nähmaschine auf einem verschnörkelten imposanten Eisengestell. Sie war ständig in Benutzung. Es war ja immer etwas kaputt. Gardinen in Weiß, wie selbst gehäkelt. Nach vorne von der Straße aus gesehen links lebten Oma und Opa. Im ganzen Haus nur kaltes Wasser. Opa saß im Rollstuhl. Er konnte sich mit seinem Stock nur mühsam fortbewegen. Seine Gehbehinderung war die Folge einer Kinderlähmung.

Während des Krieges kam überfallartig die Gestapo in das Haus. Opa wurde festgenommen und mit aufs Revier geschleppt. Panische Angst und Unfähigkeit, etwas zu sagen, machte sich breit. Keiner von ihnen wagte, etwas entgegenzusetzen. Alle bangten um ihn, denn mittlerweile war vielen bekannt, was die regierende Partei tat. Opa gehörte der SPD an und war somit Staatsfeind. Er war doch Ernährer der Familie und zu Hause selbstständig mit seiner Zigarrenmacherei. Versteckt zwischen Obst und Gemüse im Hausgarten wurde auch Tabak angebaut.

Opas Schwester Alwine hatte Kontakt zur Nazi-Partei. Ihre Schwägerin Käte, Schwester von Alwines Ehemann Klaus, war mit einer Nazi-Größe verheiratet. Wenn sie durch die Straßen spazierten, nutzten sie nie den Bürgersteig, sondern gingen mitten auf der Fahrbahn. Schließlich zählten sie zu den „Herrenmenschen". Sie kamen nie zu den Großeltern ins Haus. Man hatte kaum Kontakt. Aber nun versuchte die Familie, über Käte verdeckt und heimlich, etwas zu erreichen. Es verging eine bange Zeit. Opa kam wieder frei. Wieso und warum, darüber wurde nie gesprochen. Die Angst ließ alle verstummen. Auch innerhalb der Familien. Man wusste ja nie. Von alledem habe ich bewusst nichts mitbekommen. Schließlich lag ich mit meiner mopsigen Zwillingsschwester zusammengepfercht in einem Kinderwagen.

Unseren Vater lernten wir erst viel später kennen, da konnten wir wohl schon laufen. Papa kam aus der Kriegsgefangenschaft aus Frankreich. Zuvor war er an der Ostfront gewesen und mit seinem Lungendurchschuss ausgeflogen worden, bevor alles dicht war.

Opa fuhr nach dem Krieg mit uns beiden, links und rechts von seinen Beinen auf seinem Rollstuhl sitzend, nach Gadeland. Er wollte sich das Ausmaß der fürchterlichen Bombardierung ansehen. Sein Rollstuhl hatte hinten zwei große Räder, worauf sich ein Holzgestell befand, wie ein Sessel gefertigt. Für seine ausgestreckten Beine war ein langes Holzteil auf einem kleineren beweglichen Speichenrad angebaut. Bewegt wurde das Ganze mit einer Vorrichtung vor und zurück mittels beider Arme. Opa hörte plötzlich ein Flugzeug. Er bekam Panik. Seine Armbewegungen wurden hektisch und er dirigierte seinen Rollstuhl direkt in den angrenzenden Knick am Rande des Weges. Wir kippten um und landeten im Graben. Die Schrecken des Krieges saßen ihm immer noch in den Knochen. Gott sei Dank mussten wir nicht lange so verharren. In diesen Tagen suchten stets viele Leute nach Knickholz oder Essbarem am Wegesrand oder auf den angrenzenden Feldern. Sie packten gleich an und befreiten uns aus dieser misslichen Lage. Ich muss ungefähr drei Jahre alt gewesen sin und habe dieses Bild immer noch vor Augen. Wenn Flugzeuge den Himmel laut kreuzen, werde ich anhaltend an diesen Moment erinnert, nur ziehe ich heute nicht mehr meinen Kopf ein. Das war mein erstes großes Erlebnis, woran ich noch heute denke.

Die gröbsten Arbeiten wurden im und am Haus von den Frauen erledigt. Sie waren alle unversehrt und nicht wie die Männer gezeichnet. Da lag die Wäsche der kleinen Kinder, die Windeln aus alten Nachthemden, Unterhemden oder dünnen Laken zurechtgeschnitten, die Deckchen und Unterlagen der Kinderwagen neben all der anderen Wäsche der vielen Erwachsenen im Haus. Anzuziehen hatte man nicht so reichlich. Geld war nicht vorhanden. Man sah sich vor. Die Frauen trugen Kittelschürzen, statt Kleidern, Rock und Bluse, die Männer in Arbeitsbekleidung. Die Wäsche wurde montags in der Waschküche auf dem Hof gewaschen. Die Familien wechselten sich mit den Zeiten ab, je nachdem, wer am meisten zu waschen hatte. Aber so ging es ja vielen. Es fiel nicht weiter auf.

Opa konnte nicht laufen. Papa war oft nicht da, weil er auf Arbeitssuche war. Onkel Otto hatte epileptische Anfälle. Er wurde während des Krieges an einem Gehirntumor operiert und das waren die Folgen. Agnes machte jeden Tag gründlich sauber. Sie wischte und feudelte, was das Zeug hielt. Sie war besonders penibel mit ihren Sachen. Otto fegte oftmals den Bürgersteig. Man hielt das Haus sauber. An meine Eltern habe ich, bevor ich sechs Jahre alt wurde, keine Erinnerung. Es waren zu viele Personen im Haus, sodass ich mir darüber wohl keine Gedanken gemacht habe. Oma und Opa habe ich noch stark im Gedächtnis. Opa schwarzes Haar und Oberlippenbart. Oma schwarzes Haar mit Knoten im Nacken und weite Kleider tragend, weil sie ziemlich rundlich war. Sie saß ständig an der Nähmaschine oder hatte Handarbeiten auf dem Schoß. Ich muss wohl noch nicht ganz sechs Jahre alt gewesen sein, da fiel mir meine Mutter auf, die auch so dick war und auch Tante Hilda. Ich fragte nach: „Warum seid ihr alle so dick?" „Das ist nun mal so, wenn man älter wird", war die Antwort meiner Mutter. Mein Vater hatte für mich bis dahin kaum Bedeutung. Er war morgens schon weg, wenn wir aufstanden, und kam abends spät wieder. Wir bekamen ihn selten zu Gesicht.

1950 wurde der Film „Das doppelte Lottchen" in den Kinos vorgestellt. Neumünster lud alle Zwillinge zur ersten Vorführung ins „Capitol" ein. Meine Mutter hatte uns knallrosa Mohairpullis gestrickt, dazu einen dunklen Rock genäht. Die üblichen weißen Kniestrümpfe und die braunen Schnürstiefel mussten wieder herhalten. Weil wir so auffielen mit unseren langen dunklen geflochtenen Haaren, den hellen blaugrünen Augen und dem rosa Pulli, setzte man uns in die erste Reihe. Es waren viele Fotografen da. Mein erster Film im Kino. Bloß wusste ich gar nicht, was ein Film war! Es hat mir auch niemand erklärt. Ich hing mehr im Kinosessel, als das ich saß. Meinen Nacken hatte ich auf die Rücklehne gelegt, sonst konnte ich das Geschehen auf der großen Wand, wo an den Seiten riesige Vorhänge hingen, nicht überblicken. Wir waren viel zu dicht dran. Ich verstand auch nicht, wieso die da oben alle spielten und was da so vor sich ging. Ich habe hinterher meine Freundin Wilfriede gefragt. Sie wusste so viel, weil ihre Mutter ihr immer alles erklärte, ohne dass sie vorher fragen musste. Der Film gefiel mir gar nicht. Ich hatte ihn deshalb auch bald vergessen.

Bei uns zu Hause lief alles anders ab. Im Oktober 1950 spielten wir Kinder, Cousin und Cousinen und Freundin Wilfriede auf dem Hof hinter unserem Haus. Papa war da. Keiner von uns durfte ins Haus. Grau und düster zeigte sich dieser Tag; es war bereits kalt draußen. Aus den Schornsteinen der angrenzenden Häuser stieg dichter Qualm auf, es roch nach verbranntem Holz und nach getränkten Eisenbahnschwellen.

Auf unserem Stall war ein künstlicher Klapperstorch angebracht. Man erzählte uns, es sollte ein Baby geboren werden und dieser Storch würde dem richtigen Storch den Weg zeigen. Wir Kinder glaubten es. Ich beobachtete ganz genau den Himmel, um den richtigen lebendigen Storch zu erblicken. Plötzlich hörten wir Babygeschrei aus dem Schlafzimmer meiner Eltern hinten zum Hof hin. „Ich habe gar keinen Klapperstorch gesehen!", wunderte ich mich. „Wie ist der wohl ins Haus gekommen und wo ist er jetzt?" Unser Vater kam aus dem Haus und erzählte uns Kindern, dass wir eine kleine Schwester bekommen hätten. Ich fragte gleich nach: „Ich habe keinen Storch gesehen. Wie ist der denn ins Haus gekommen? Und wie hat er das Baby gebracht? Im Schnabel?" „Der Storch? Ja, der Storch, der ist wohl durch den Schornstein geflogen." Erleichtert über seine Eingebung ging Papa wieder zurück ins Haus. Am Fenster wurde uns dann später das Baby kurz gezeigt. Wir mussten alle noch draußen bleiben. Mit unseren schmutzigen Gummistiefeln, die wir im Herbst draußen zum Spielen trugen, hätten wir sowieso nicht ins Haus gedurft. Abends holten Oma und Opa uns Zwillinge zu sich in ihre Wohnung. Dort blieben wir dann ein paar Tage, bis unsere Mutter sich erholt hatte. Sie musste das Bett hüten, weil der Klapperstorch in ihr Bein gebissen hatte, als er die kleine Schwester brachte. Ich war ganz schön wütend auf den Storch. An einem Tag, als viele Nachbarn kamen, um die neue Erdenbürgerin zu begutachten, durften wir auch gucken. Ein Baby, nichts Besonderes. Ich empfand nichts. Ich hatte schon öfters Babys gesehen. Folgerte aber nicht daraus, dass das Baby jetzt ständig da sein würde. Es war ein neues Familienmitglied. Tante Hilda kam eines Tages auch mit ihrem kleinen Baby vorbei. Meine Mutter und sie waren nicht mehr so dick. Komisch, aber das Geschrei meiner kleinen Schwester lenkte mich ab, sonst hätte ich wohl gefragt. Meine Mutter lag noch immer im Bett und hatte dicke Handtücher auf ihrem Oberkörper liegen. Tante Hilda nahm Ingrid, so wurde die Kleine genannt, auf ihren Arm, knöpfte ihre Bluse auf und holte was weißes Dickes hervor und schob es der Kleinen in Kopfhöhe entgegen. Sie war still, schrie nicht mehr. Ich staunte. „Wie hast du das denn gemacht und was war das, was du da eben rausgeholt hast?" Tante Hilda fing an zu lachen: „Das macht man eben so." Irgendwie war ich nicht zufrieden.

Das würde ich schon rausbekommen. Vielleicht weiß Wilfriede von nebenan mehr.

Von da an hatte ich nicht mehr so viel Zeit, um mit meiner Freundin zu spielen. Roberta, so nannte ich Berta Marie, weil sie immer so roh zu mir war, und ich mussten immer mithelfen, den Haushalt zu führen. Die Kleine regelmäßig spazieren fahren in ihrem cremeweißen ovalen Kinderwagen mit den kleinen Tellerrädern. Jetzt waren wir nicht mehr zu zweit, sondern immer zu dritt. Die Kleine war immer und überall dabei. Die Tafel Schokolade, die Onkel Walter uns manchmal mitbrachte, würde irgendwann nicht mehr durch zwei geteilt werden, sondern durch drei. Ich hatte nie eine für mich ganz alleine. Im Schlafzimmer unserer Eltern standen die beiden Ehebetten nebeneinander und daneben das Kinderbett mit Ingrid. Wir Zwillinge schliefen in dem einen Bett in Reichweite von Ingrid und die Eltern in dem anderen. Ich lag dicht am Elternbett und bekam doch einiges mit, konnte es aber nicht deuten, warum mein Vater meine Mutter immer so quälte und sie so unterdrückt stöhnte. Ich versuchte krampfhaft einzuschlafen, damit ich nichts mehr hörte. Es klappte aber nicht immer. Fragen wollte ich auch nicht. Durchschlafen konnte ich auch nicht mehr. Die Kleine schrie oftmals nachts. Es war stets sehr unruhig im Zimmer mit fünf Personen. Ich fing an, mein kleines unerfülltes Leben zu hassen. Ich würde so gerne spielen, toben oder sonst was machen und nicht immer auf andere Rücksicht nehmen.

Eine schreckliche Zeit haben wir mit Keuchhusten zugebracht. Wir zwei haben ständig um die Wette husten müssen. Es hat fürchterlich weh getan. Fast drei Monate hielt dieser Husten an. Bevor wir in die Schule kamen, hatten wir alle im Haus Würmer. Es gab Medikamente in der Größe einer weißen Bohne, die ich stets mit eingeweichtem Zwieback einnahm. Ich konnte sie sonst nicht runterschlucken. Außerdem legte mein Vater abends in die heiße Asche des Kachelofens Schalotten zum Essen hinein. Die wurden dann ganz weich und waren lecker. Angeblich sollten diese Zwiebeln die Würmer vertreiben. Mein Cousin Hans-Otto war schlimmer dran. Er hatte einen Bandwurm. Kopfläuse hatten wohl alle Kinder nach dem Krieg. Von Masern, Windpocken und Mandelentzündungen blieben wir auch nicht verschont.

Einschulung im April

Es war kalt draußen und früher Morgen. Dächer und Erde waren mit leichtem Schnee wie mit Puderzucker überzogen. Meine Mutter hatte uns fein gemacht. Das erste Mal, dass wir teilweise verschiedene Kleidungsstücke trugen. Beide die gleiche von Mutti genähte anthrazitfarbene Stoffjacke, einreihig mit großen Knöpfen, dazu ein leicht am Bund gekräuselter Rock. Roberta in derselben Farbe wie die Jacke und ich den Rock in einem hellen Grau. Dazu weiße Kniestrümpfe und eine Nummer zu große braune, knöchelhohe Schnürstiefel. Die dunklen Haare zu Zöpfen geflochten und dann mit einem Gummiband zu Affenschaukeln hochgebunden. Oben auf dem Kopf eine Tolle mit einem Kamm drinnen nach rechts eingeschlagen. Alles aus dem Gesicht raus. Ganz stolz waren wir auf unsere glänzenden Schultüten mit einem großen Abziehbild vorne drauf und oben farbiges Krepppapier zum Zubinden. Süßigkeiten und Malstifte waren darin. Einen Schulranzen in brauner genarbter Pappe auf Leder getrimmt - er roch auch so - versehen mit einem Überwurf und zwei Schnappverschlüssen. An einem Band hingen Schwamm und Lappen seitlich heraus. Im Ranzen eine Schiefertafel und Griffel in einem hölzernen Griffelkasten.

Aufgeregt schnatternd mit all den anderen Kindern aus der Straße, die ebenfalls eingeschult wurden, gingen wir mit den Eltern, Omas und Opas oder Tanten den kurzen Weg zur Schule. Es war die Timm-Kröger-Schule, vorher Peter-Schule. Der Eingang zum Schulhof war von der Brachenfelder Straße aus und der Hof reichte bis zur gegenüberliegenden Holstenstraße. Aber auch ein kleiner Weg führte von der Peterstraße dort hin. Der Schulhof war voller Kinder und Erwachsener. Es wurden allein an dieser Schule über 160 Erstklässler eingeschult. Wir Kinder mussten uns vor dem Eingang des Schulgebäudes versammeln und wurden dann nach Klassen mit Namen aufgerufen. Ordentlich, jeweils zu zweit hintereinander betraten wir dann klassenweise das Schulgebäude. Eine kurze breite Treppe führte uns in einen großen breiten Flur, wo viele Türen links und rechts abgingen. Meine Klasse war gleich im Erdgeschoss rechts und dann ganz hinten links. Drei große Fenster zur Brachenfelder Straße. „Oh, sind die groß! Fast wie in einer

Kirche", dachte ich voller Bewunderung. Ganz rechts im Raum stand ein riesiger dunkler Kachelofen. Links davon hing an der Wand eine große grüne Tafel, die aufgeklappt werden konnte. Ganz dicht davor etwas zum Fenster hin, Tisch und Stuhl für die Lehrerin. Dann drei Reihen Bänke mit angebautem schrägem Tisch daran. Sie reichten bis zur hinteren Wand in sieben Reihen. Wir waren über 40 Kinder in der Klasse. Ich saß mit meiner Schwester in der ersten Reihe direkt neben dem Ofen ganz außen rechts. Wir waren nicht die einzigen Zwillinge. Ein Pärchen sah sich nicht ähnlich. Sie hatten verschiedene Haarfarben und waren unterschiedlich groß. Die anderen beiden sahen sich etwas ähnlich. In der Klasse war auch meine Freundin Wilfriede von nebenan. Marlies, Veronika, Monika, Arnhild, Maren, Margot und eine von den Appel-Kindern, alle aus unserer Straße. Vom Großflecken Ute, Monika von der Tischlerei. Von der Ringstraße/Ecke Plöner Straße Sigrid und ihre Schwestern Antje und Margitta. Da war noch Melanie S-z-c-zepaniak. So buchstabierte sie immer ihren Namen. Bei uns Kindern hieß sie schnell nur noch SZCZ. Sie hatte einen Gehfehler, die Folge einer Kinderlähmung. Ihre Ausdrucksweise war für uns alle seltsam. Wenn sie mit dem Bus nach Hause wollte, sagte sie zur Lehrerin: „Ich muss pünktlich los." Niemand wusste, was sie eigentlich wollte. Bis nach vielem Nachfragen heraus kam, dass sie stets zur vollen Stunde die Klasse verlassen müsste, um ihren Bus noch zu bekommen. Unsere Klassenlehrerin war Frau Alexandrine von dem Hagen, groß mit aschblonden gelockten längeren Haaren, sehr elegant. Ich fand sie ganz prima. Mein gemeinsamer Schulweg mit den anderen aus unserer Straße war nicht weit. Auf die andere Straßenseite rüber am Mädchenheim vorbei, Schlosserei Lensch, Baufirma August Horn, wo unser Vater arbeitete, am roten Patrizierhaus, in dem unser Hausarzt Ulrich Wohnung und Praxis hatte und die Baufirma ihre Büros. An der Ecke zur Brachenfelder Straße stand ein graues Fachwerkhaus mit einem grauen Zaun drumherum, überragt von zwei großen Linden auf dem Bürgersteig. Dann an der dunkelgrauen Villa mit hohem Eisengitter davor von Nervenarzt Dr. Krey vorbei, auf der anderen Straßenseite das große graue Stadthaus mit der Stadtverwaltung drin. Noch ein paar kleine alte Häuser und dann kam rechter Hand die Schmiede. Natürlich blieben wir Kinder immer stehen, wenn der alte Schmied mit der vorgebundenen, langen Lederschürze bei geöffnetem Tor das glühende Eisen auf den Amboss schlug. Der Geruch von verbrannter Kohle, dem glühenden flüssigen Eisen und dem herben Schweißgeruch dieses Mannes zog uns alle an. Es war überragend interessant, wenn er über der Esse den Blasebalg zog, um der Glut mehr Luft zuzufügen, sodass die Funken sprühten. Im weißen Hinterhaus dieser Schmiede wohnte Klassenkameradin Marianne. Ein kleines Stück weiter auf der anderen Straßenseite lag die Schule. Gute fünf Minuten von zu Hause entfernt, wenn man nicht bummelte, um alles Neue in sich aufzunehmen. Während der Schulstunden musste der Ofen geheizt werden, wenn es zu kalt wurde. Frau von dem Hagen holte dafür Kohlen oder Brikett vom Flur. Manchmal musste sie auch kurz nach Hause. Sie wohnte in einer großen roten Villa in der Marienstraße, nicht weit entfernt. Dann kam einer ihrer beiden Söhne zur Freude aller und passte auf uns auf. Ich hatte Spaß am Lernen. Es war alles so aufregend neu. Ich erfuhr so vieles, was ich bis dahin nicht kannte und nicht wusste. Meine Lieblingsfächer waren Malen, Handarbeiten, Aufsätze schreiben, Biologie und Heimatkunde. Inzwischen bestand unsere Schulausstattung aus Bleistift, Buntstift und einem Montblanc-Füller. Ich hatte meine Schulhefte mit vielen Zeichnungen und selbst gefertigten farbigen Landkarten, auch extra welche mit den Bodenschätzen, Blumen, Bäumen und Tieren ausgestattet. Das hat die Zensur aufgebessert und ich habe das Ganze auch mehr verstanden und behalten. Bücher gab es nur wenige und wenn dann nur in der Schule. Zu Hause hatten wir nur das Lexikon von A bis Z. Bücher zum Lernen überhaupt nicht. Ich mochte nicht rechnen, auch Diktate liebte ich nicht. Aufsätze schreiben lag mir mehr, da ich die Wörter aussuchen konnte, um alles richtig zu schreiben. Singen konnte ich auch nicht. Beim Sport mochte ich nur Ballspiele. Reck, Barren, Pferd und Bodenturnen war nichts für mich. Schwimmen habe ich auch nicht gelernt. Ich hatte keinen richtigen Badeanzug. Mutti hat uns einen aus einer alten Strickjacke genäht, wo im Wasser die Träger sich ausdehnten bei einem Rettungsversuch durch die Schwimmlehrerin. Ich bin fast untergegangen. Blamabel und peinlich. Kinder können so grausam sein. Es haben alle gelacht, die das gesehen haben. In unserer Klasse wurde ein großes Wandbild auf braunem Packpapier gestaltet. Ich habe daran mitgewirkt. Es war der Brand in der Brunstraße von 1780, bei dem 46 Häuser abbrannten. Eine auf Zeichenpapier in kräftigen Deckfarben von mir gemalte Hexe mit einem haarigen Muttermal auf der Nase hing gerahmt auf dem Flur der Schule. Ich kann mich noch gut daran erinnern, dass wir beide immer nur Weißbrot mit Margarine und Zucker darauf, manchmal auch etwas Salz, wenn wir es so wollten, als Pausenbrot mit bekamen. Ansonsten nahmen wir je nach Jahreszeit Obst aus dem Garten mit. Zu trinken hatten wir nie etwas dabei. Manchmal gab es Milch in der Schule, aber sehr selten. In der 4. Klasse wurden wir beide für das Gymnasium vorgeschlagen. Doch das konnten sich unsere Eltern nicht leisten. Also merkte man uns für die Realschule vor.

Es sollte die Helene-Lange-Schule in der Roonstraße werden. Alexandrine von dem Hagen, geborene Edle und Freiin von Plotho (*28.11.1914, gest. 15.12.1978), meine Klassenlehrerin und spätere Stadtpräsidentin unserer Stadt, nahm mich nach der Schulstunde beiseite und fragte mich, ohne dass es jemand mitbekam: „Warum schreibst du eigentlich deine ganzen Aufsätze in Wir-Form? Hast du nie etwas allein erlebt? Schreibe bitte künftig alles, wie du es siehst und wie du es erlebt hast. Und alles in ‚Ich-Form'! Auch wenn deine Zwillingsschwester dabei war. Denn du kannst für dich alleine sprechen, und musst nicht immer auf deine Schwester hören. Lasse dich nicht ständig beeinflussen. Ich habe das schon lange beobachtet."

Ihre mahnenden Worte gingen mir ganz schön an die Nieren. Ich wusste gar nicht, wie ich das beantworten sollte. Höflich sagte ich ja, knickste und ging. Das musste ich erst einmal sacken lassen und mit mir selbst ausmachen. Roberta fragte mich gleich ganz neugierig: „Was wollte sie denn von dir?" „Geht dich nichts an!", war meine kurze Antwort. Sie maulte. Sie wollte unbedingt wissen, was los war, wurde wütend und boxte mir auf den Arm. Was sollte das denn? Warum machte sie das? Ich fühlte mich ertappt und auch ein bisschen blamiert. Mit wem könnte ich darüber reden? Wer würde das verstehen? Mit Roberta bestimmt nicht. Schlaflose Nächte waren in den darauffolgenden Tagen meine Begleiter. Ich war entsetzt darüber, was mir da erzählt worden war. Denken andere auch so über mich? Es machte sich in mir Enttäuschung, Misstrauen und Wut breit. Als meine Mutter mich dann noch fragte, was Frau von dem Hagen denn von mir allein wollte, wusste ich, dass Roberta gepetzt hatte. Sie konnte nichts für sich behalten. „Ach", sagte ich so belanglos wie möglich. „Das war wegen eines Aufsatzes, den ich noch einmal überdenken sollte." War ja nicht ganz gelogen. Ich dachte nur nach. Alles um mich herum beobachtete ich ab sofort genauer und besonders meine Zwillingsschwester. Es stimmte, sie verbesserte mich ständig, wenn ich mal etwas im Familienkreis erzählte, und nahm mir das Gespräch ab, um es dann so darzustellen, wie sie es sah. Wenn ich mich mal falsch ausdrückte oder ein Fremdwort falsch aussprach, erntete ich höhnisches Gelächter von ihr und sie wiederholte zu meiner Schande mehrmals das falsch ausgesprochene Wort im Beisein aller. Keiner von der Familie griff ein. Man lachte nur darüber. Sie fanden es wohl alle auch noch niedlich. Dass sich Hervortun, sich förmlich aufdrängeln meiner Schwester wurde mir jetzt erst richtig bewusst. Wieso habe ich das nie bemerkt? Ich habe immer zu meiner Schwester gestanden, habe sie gegen Anfeindungen der Klassenkameradinnen verteidigt und zu Hause gedeckt, wenn sie wieder einmal nicht gehorchte. Wie viel Zeit hatte ich eigentlich verloren? Ich hätte dafür doch viel lieber mit Wilfriede gespielt. Wäre mir doch früher ein Licht aufgegangen.

Ich empfand fürchterliche Scham. Bin ich so ein Trottel? Warum war eigentlich keiner nett zu mir? Ich mochte niemanden ansprechen oder auf andere zugehen. Ich war der Meinung, dass mich sowieso keiner mag, mich keiner in seiner Nähe haben wollte, geschweige denn als Freundin. Ich hatte stets das Gefühl, dass ich irgendwie störte. War ich äußerlich so hässlich oder was ich sagte vielleicht so dumm? So erschien es mir. Ich hatte wohl anderen nichts zu geben oder zu sagen. Der Inhalt meiner Gespräche war wohl nichtssagend und leer. Ich fühlte mich erbärmlich, abgewertet, meine Schwestern bevorzugt. Die Kleine wurde verhätschelt und vertätschelt und wenn Roberta das Wort ergriff, nahm man es hin. Zu mir sagte man dauernd: „Mach mal, das kannst du, nun mach schon. Statt Zuwendung stand Arbeit an. Ich konnte ja auch zupacken. Mit Papa habe ich die rückseitige Giebelwand zum Hof neu mit aufgebaut, in dem ich die Backsteine und den Mörtel angereicht hatte. Den Mörtel konnte ich von Hand mit einer Schaufel am Boden mischen und in einer Maurerbütt mit Wasser anrühren. Sonst traute man mir wohl auch nichts zu. Ich war ja die Nachgeburt. Meine Patentante Olga kam nur selten zu uns, weil sie einen Laden führte und daher kaum Zeit für mich hatte. In den Ferien nahm sie mich mit zum Wochenmarkt auf dem Kleinflecken, wo ich am Stand Obst und Gemüse verkaufen durfte. Natürlich unter ihrer Anleitung. Sie war lieb, geduldig und ich habe viel bei ihr gelernt. Meine unterwürfige Zurückhaltung anderen Leuten gegenüber wurde auch weniger und ich bekam endlich ein bisschen Selbstvertrauen. Ich glaube, sie hatte auch etwas gemerkt. Sie wollte mich stets allein mit haben, weil sie angeblich nicht auf alle beide aufpassen konnte. Außerdem war der Stand zu klein. Roberta ignorierte es oft und kam einfach nach. Sie hat wohl nie darüber nachgedacht, dass Tante Olga meine Patentante war. Meine! Das Taschengeld, das mir meine Tante gab, habe ich dann immer mit Roberta geteilt. Das war blöd von mir. Warum habe ich ständig abgegeben? Ich freute mich ganz einfach, wenn es anderen auch gut ging, merkte aber nicht, dass ich ausgenutzt wurde. Roberta nahm das Geld von mir an, ohne sich zu bedanken. Als stünde ihr das zu. Von Onkel Walter, Tante Olgas Ehemann, bekam ich mal eine Haarbürste geschenkt. Sie war aus hellem Holz. Der Stiel war glatt und lag besonders gut in der Hand. Ich war überglücklich. Nicht nur über die schöne Bürste, sondern, dass jemand an mich gedacht hatte. Nun war endlich das schmerzhafte Ziepen beim Durchkämmen meiner langen Haare mit einem einfachen Herrenkamm vorbei. Selbstverständlich benutzte Roberta auch diese Bürste. Wenn Tante Hilda mit ihren jüngsten Kindern, unseren Cousinen Anneliese, gleichen Alter wie wir, und Ingrid so alt wie unsere Ingrid, zu uns kam, war es meistens sehr schön. Sie hörte uns zu und hatte für vieles Verständnis. Ich habe oft versucht, mich mit ihr auszusprechen, wenn es wieder zwischen meiner Zwillingsschwester und mir krachte. Sie hörte mir zwar zu, aber verstand mich nicht. Ich hörte sie nur sagen: „Du musst nicht so empfindlich sein." Ich war nicht empfindlich. Ich konnte eine ganze Menge vertragen. Ich war empfindsam. Das ist ein großer Unterschied. Keiner achtete auf mein Seelenleben. Mir gingen diese ständigen Streitereien, Prügeleien und neidvollen Machtkämpfe an die Nieren. Ich war oft traurig und auch einsam, gerade im Zusammensein mit der

Schwester. Außerhalb von zu Hause nie. Auch von meiner Mutter wurde ich gefühlt konstant in den Hintergrund gedrängt. Wenn sie uns anderen Leuten vorstellte, sagte sie immer: „Das ist meine älteste Tochter Berta Marie (Roberta), das ist die Jüngste Ingrid und das ist der Zwilling." Ich hatte keinen Namen. Wer wollte auch schon Greta heißen? So fühlte es sich für mich an. Sie hat es nie bemerkt.

Meine liebste Freundin war Wilfriede von nebenan. Sie hatte schönes blondes, gelocktes Haar, immer hübsche Sachen an und wir verstanden uns prächtig. Sie hat mich nie benutzt, wie ich es von zu Hause aus kannte. Ihr gutes Benehmen versuchte ich nachzumachen. Es fiel mir bei ihr besonders auf. Sie lud mich oft zu sich zum Spielen ein. Dann gab es verunglückten Kuchen aus der Bäckerei, den ihre Mutter nicht mehr verkaufen konnte, dazu Limonade. Das kannte ich auch nicht. Bei uns gab es nur Carokaffee oder schwarzen Tee. Wilfriedes Mama war besonders lieb, hatte eine beruhigende und ausgleichende Art an sich, wurde niemals laut, schimpfte nie. Ich hatte volles Vertrauen zu ihr. Ich fühlte mich dort immer sehr wohl, konnte lachen und ausgelassen sein. Wilfriede hatte auch noch eine ältere Schwester, die bereits in die Lehre ging. Ihre Mutter musste beide Kinder durchbringen, da der Vater im Krieg geblieben war. Er galt als vermisst. Als Adenauer es seinerzeit schaffte, dass die Kriegsgefangenen aus Russland zurückkehren konnten, hofften wir alle mit ihnen. Wir saßen täglich am Radio und hörten die vorgelesenen Namen der Heimkehrer. Doch er war nicht dabei.

Es tat mir so leid. Doch Wilfriede sah es nicht so. Sie kannte es nicht anders. Außerdem hatte sie vor meinem Vater Angst. Er hatte mal aus dem Fenster über den Hof gebrüllt: „Berta Marie, komm sofort her!" Darüber war sie so erschrocken. Diesen Ton kannte sie in ihrem Zuhause nicht. Sie bewohnten die obere Wohnung im Vorderhaus nebenan, wo unten der Laden für Backwaren war und die Wohnung der Familie des Bäckermeisters Kronbügel. Zwischen dem Vorderhaus und dem Backhaus dahinter lag die gutmütige Schäferhündin Hanne auf dem Kopfsteinpflaster und passte auf. Es kostete stets Überwindung, an ihr vorbeizukommen. Aber sie tat doch nichts. Roberta kam öfters hinterher, wenn ich schon einige Zeit bei Wilfriede war. Sie sagte: „Mutti hat mich geschickt.

Wir sind Zwillinge und haben zusammen zu spielen." Es gab grundsätzlich Streit. Also trennten Wilfriede und ich uns und verschoben unser Spiel traurig auf ein anderes Mal. Ob das alles so stimmte mit dem Zusammenspielzwang, habe ich nie überprüft. Dann hätte es wieder Ärger gegeben und meine Mutter hätte mir die Freundschaft mit Wilfriede verboten. Das hatte sie schon mal angedroht.

Der Hof bei uns hinter dem Haus bot uns Kindern, auch denen aus der Nachbarschaft, viel Platz. Wir konnten Federball spielen, Schlagball, Hinkepott, Land klauen, Tauspringen, Gummitwist, Murmeln, Roller fahren. Wir kletterten auf den großen Birnenbaum, der am Ende des Hofes stand. Er war wunderschön gewachsen. Auf einem kurzen dicken Stamm breitete sich eine nach allen Seiten gleichförmig ausladende Krone aus, so dass wir ohne Mühe auf den Ästen herum klettern konnten. Clapps Liebling hieß die Birnensorte. Sie war fest und leicht fruchtig süß. Ich mochte sie am liebsten wenn, sie noch nicht ganz reif waren. Auch der Walnussbaum musste herhalten. Er war schwieriger, zu erklimmen. Der Stamm war zu hoch. Die unteren Äste waren mal entfernt worden, damit man besser darunter durch gehen konnte, um in den Garten zu kommen. Das Waschküchendach war ebenfalls eine Herausforderung und nie zu hoch für uns alle. Von überall sprangen wir hinunter. Einmal rasten wir abwechselnd mit dem einzigen Ballonroller der Familie um die Häuser. Ich verfehlte knapp den Gang und landete mit dem Kopf an der Ecke des Hauses und blieb blutend liegen. Alle rannten an mir vorbei und zu meiner Mutter in die Küche und schrien: „Greta ist tot!" Mit kurzen Schritten und angezogenen Beinen in ihren Puschen, den engen Rock leicht gerafft, rannte meine Mutter aus der Küche, das Kartoffelschälmesser noch in der einen Hand und in der anderen ein Geschirrtuch, zur Unglücksstelle. Ich war leicht benommen. Meine Mutter drückte mir den Lappen vorsichtig auf die Wunde. Einer holte den Arzt von schräg gegenüber und man trug mich ins Wohnzimmer auf die Couch. Der ehemalige Schiffsarzt machte die Erstversorgung meiner klaffenden Wunde über dem linken Auge. Wer mich dann zum Hausarzt Dr. Lübbert in die Lütjenstraße gebracht hat, kann ich nicht mehr sagen. Wenigstens wurde die Wunde genäht. Wegen der Befürchtung, ich könnte eine Gehirnerschütterung davon getragen haben, ordnete der Hausarzt strenge Bettruhe an. Alle standen um mich herum. Ich war der Mittelpunkt! Das erste Mal in meinem Leben. Und das hatte ich ganz alleine. Ich wurde beachtet. Ein unbeschreibliches Gefühl.

Opas Tod

Opa Karl saß in seinem mit rotem Samt gepolsterten Lehnstuhl rechts am Fenster. Die seitlich gerafften gehäkelten blumengemusterten Baumwollgardinen ließen genügend Platz zum Hinaussehen. Er sah nach gegenüber. Sein Haar war noch fast schwarz, seine Augen wirkten müde und er war schwach in letzter Zeit geworden. Allein konnte er nicht mehr aufstehen, um ins Bett zu gehen. Mein Vater musste immer mit anpacken. Auf der anderen Straßenseite, im Haus seines Neffen Hans wohnte im hinteren Teil sein Freund Opa Wessel. Man erzählte sich, dass er schwer krank sei. Plötzlich sagte Opa: „Jetzt is he wohl dot! De hebbt dat Oberlich von sien Zimmer upmockt, damit de Seel in de Himmel kümmt. Bringt mie to Bett. Ik will mie jetzt ok hinleng." Er verstarb noch am selben Tag mit 72 Jahren. Er schlief ruhig ein ohne viel Aufhebens. Alle aus unserem Haus waren dabei gewesen. Wie das Schicksal spielt. Da waren nun zwei Freunde am gleichen Tag verstorben. Eine eigenartige Stimmung machte sich breit. Es war still, mystisch. Alles verlangsamte sich. Wir gingen wie auf Watte, schlichen auf leisen Sohlen durch die Räume. Nichts sollte die Totenruhe stören. Alle Spiegel im Haus waren zugehängt. Was draußen passierte, war völlig unwichtig. Man schaute auf diese beiden Häuser. Das Oberlicht im Fenster zum Gang stand offen. Ich hatte diese Stimmung voll in mich aufgenommen und war innerlich doch ruhig. Fantasien wurden freigesetzt, mit denen ich als Kind nichts anzufangen wusste. Es war alles neu. Ich hatte zuvor nie einen Toten gesehen. Er lag im Zimmer in seinem Bett in weißen Kissen aufgebahrt zwischen Wohnzimmer und Küche. Alle seine Kinder nahmen nach und nach Abschied. Oma blieb über Nacht bei uns in der Wohnung. Am nächsten Tag fuhr der Leichenwagen vor und holte Opa ab. Die Beisetzung fand an Oma Berthas Geburtstag statt. Er bekam einen

Platz auf dem neuen Friedhof in einer Ecke mit Hecken umsäumt und beschützt von einer hohen Birke. Ein gemütliches Plätzchen, so wie er es zu Lebzeiten geliebt hatte. Alle Kinder von Oma und Opa kamen. Da war Karl, der älteste Sohn, Maler und Kunstmaler, mit seiner Frau Erna. Sie lebten mit ihren Kindern in Tungendorf in einem Siedlungshaus. Otto, der zweite Sohn, gelernter Tischler, Frührentner, mit seiner Frau Agnes und den drei Kindern, bei Oma und Opa im Haus wohnend. Alwin, Tuchmacher, und seine dritte Frau Margarete, genannt Gretel, mit Sohn Werner, Doppelhaushälfte in der Eiderstraße. Hilda, Hausfrau und Mutter von sechs Kindern mit ihrem Ehemann Ingwert, Wärter im Strafgefängnis Neumünster, 2-Zimmer-Mietwohnung in der Feldstraße. Olga, Geschäftsfrau im Gemüsehandel, zwei Söhne mit Ehemann Walter, vom Krieg gezeichnet, hatte die Schlafkrankheit. Eigenheim für Spätheimkehrer in Tungendorf.

Elfriede, meine Mutter, Hausfrau, drei Töchter, machte bei Leuten sauber und nähte für andere und für uns alle, mit ihrem Mann Harm, Bauer und Maurer, wohnend im Elternhaus. Papa trug bei der Beerdigung einen weißen Kopfverband. Er hatte kurz zuvor einen Arbeitsunfall erlitten. Ein Backstein war ihm aus großer Höhe auf die Stirn gefallen. Seinen obligatorischen Hut konnte er nur knapp aufsetzen, weil der Verband so dick war. Helma, drei Söhne und Willi, der Hesse, Bahnbeamter, in Lorsch wohnend. Viel später kam noch Tochter Renate dazu. Auch Opas Schwester Alwine mit ihrem Ehemann Klaus, Maurermeister und Taxator, waren dabei. Man hatte wieder sporadisch Kontakt.

Den Grabstein fertigte ein Steinmetz aus der Plöner Straße aus der dicken weißen Marmorplatte von Omas alter Waschkommode an. Keine große Feier, dafür eine Kaffeetafel bei Oma. Es war eng, aber irgendwie ging es. Schauergeschichten machten die Runde. Einer berichtete, dass der „Totenvogel" vorher ein paar Mal geschrien hätte, doch es hätte ihn keiner beachtet. Ich bekam Gänsehaut. Von da an trug Oma nur noch schwarze Kleidung. Sein Freund Wessel wurde da ganz anders beigesetzt. Statt des Leichenwagens kam eine schwarze Kalesche vorgefahren, gezogen von zwei schwarzen Rössern mit schwarzen Decken auf den Rücken. Hausmädchen mit langen schwarzen Kleidern und weißen Schürzen reichten vom Tablett den Kutschern und den Begleitern kleine Gläser mit Schnaps und auch Erfrischungen. Opa Wessel war der Begründer der Familienglaserei Wessel aus der Kieler Straße. Das war schon was 1953. Und das in unserer Straße.

Geheimnisse

In den 50er Jahren wanderten viele aus Deutschland nach Amerika und Australien aus. Eine Schulkameradin aus unserer Straße aus Haus Nr. 38, Ute Schuster mit ihren Eltern und ihrem Bruder, ging nach Australien. Sie verkauften alle Möbel. Meine Eltern erwarben das große Rüsterschlafzimmer mit dem großen viertürigen Kleiderschrank. Alles aus echtem Holz. Dieser nahm im Schlafzimmer die linke Außenwand ein. An der gegenüberliegenden Wand, wo vorher noch die Verbindungstür von unserem ehemaligen Wohnzimmer zum Schlafzimmer war, wurden die Doppelbetten platziert. Die Tür hatte Papa zugemauert. Dahinter war jetzt die Einzimmerwohnung von Oma Bertha. Links und rechts von den Betten die Nachtschränke mit Glasplatten darauf. Links von der Tür, die zur Küche führte, die große Frisierkommode mit dem dreiteiligen Klappspiegel und der großen Glasplatte auf der Ablage. Daneben der Wäschepuff aus buntem Plastikmaterial, Schaumstoff gepolstert mit aufklappbarem Deckel von weißem Kordelband gehalten. Das Schlafzimmer war gemütlich mit dem warmen honigfarbenen Holz und der weißen Damastbettwäsche im Zehnerstreifen. Durch das große Fenster zum Hof schien die Sonne rein. Wir durchsuchten die Schränke, weil alles schön neu war. Im Kleiderschrank unten rechts, unter Wolldecken verborgen, ein dickes Buch, Effi Briest. Warum war das versteckt? Wir wurden neugierig. Wir blätterten erst darin rum und entdeckten einzelne interessante Wörter. Von Liebe war die Rede. Das könnte spannend werden. Also beschlossen wir beide, das Buch zu lesen. Aber wie? Die Kleine müsste schlafen, sonst würde sie petzen. Oma kam auch oft von nebenan rüber, um nach uns zu sehen, wenn Mutti zum Saubermachen beim Friseur Bexkens war. Papa war auf dem Bau. Für uns war es eine Herausforderung. Eine von uns stand Schmiere in der Küche bei geöffneter Schlafzimmertür, die andere saß im

Schneidersitz mit dem Buch auf dem Schoß am Boden und las vor. Durch das offene Oberlicht im Küchenfenster konnte man die Schritte hören, falls jemand kommen sollte. Es war spannend für uns beide. Die Aufregung es heimlich zu tun, verstärkte die Spannung noch. Wir lasen immer abwechselnd. Die Zeit war knapp. Schließlich mussten wir zuerst Schulaufgaben machen, auf die Kleine aufpassen bis sie müde wurde und Oma musste auch eingeplant werden. Irgendwann flogen wir auf. Das Buch lag nicht da, wie meine Mutter es weggelegt hatte. Die Wolldecken waren auch nicht ordentlich gefaltet. Wir waren nachlässig geworden. Leugnen hatte kaum Sinn. Wer sollte es schon außer uns gewesen sein. Ingrid konnte noch nicht lesen, Oma konnte sich nicht tief bücken und Papa hatte kein Interesse an Weibergeschichten. Das Buch haben wir nie zu Ende lesen können. Es wurde uns verboten. „Es ist nichts für Kinder", sagte meine Mutter. Die Lust war mir auch schon vorher vergangen. Ich hatte den Inhalt nicht verstanden, weil wir immer nur kurze Zeit hineinblicken konnten. Ich kam nicht hinter den Sinn. An die Jahre vom Zehnten bis Dreizehnten Lebensjahr habe ich keine gute Erinnerung. Abends mussten wir beide mit der kleinen Schwester um 18 Uhr ins Bett, weil sie allein nicht schlafen wollte. Draußen spielten noch all die anderen Kinder und lachten uns aus. Da kam kaum Nächstenliebe und Freude auf. Familie fanden wir so was von blöd.

Oma Bertha war meistens nur noch hinten in ihrer Wohnung und klopfte bei jeder Gelegenheit mit ihrem Handstock gegen die Wand zu unserem Schlafzimmer. Ständig wollte sie was. Sie stand nicht mehr auf, sondern lag den ganzen Tag in ihrem Bett. Das ging meiner Mutter auf die Nerven. Sie wurde nervös und schlecht gelaunt und schrie mit uns Kindern rum. Sie hatte doch so viel zu tun. Einen Mann, drei Kinder und Oma zu versorgen. Und dann die ganze Wäsche. Das Essen kochen, Einkaufen, Saubermachen und beim Friseur Wohnung und Laden reinigen, damit noch etwas Geld rein kam. Zeit für sich hatte sie nie.

Einmal klopfte Oma abermals an die Wand zum Schlafzimmer. Sie schrie laut: „Ihr wollt mich vergiften! Das werde ich allen in der Straße erzählen!" Meine Mutter kümmerte sich nicht darum. Sie meinte zu uns Kindern: „Ich kenne doch eure Oma, sie will nur Mittelpunkt sein. Ich habe jetzt keine Zeit!"

Dann ging sie wieder ihrer Hausarbeit nach. Ihr Kopf war aber ziemlich rot. Ärgern tat sie sich doch. Oma klopfte weiter und schrie herum. Ich hörte mir das eine Weile noch an und gab dann vor, zu Wilfriede zu gehen. Ich schlich mich vorne ums Haus herum zu Oma in den anderen Gang in ihre Wohnung. Da lag die alte Frau mit langen aufgebundenen grauweißen Haaren in ihrem Bett und hatte sich von oben bis unten vollgemacht. Das Zimmer stank. „Oma, was hast du denn da angestellt? Das gibt es doch gar nicht! Wie soll ich dich und das Bett sauber kriegen?" Leise öffnete ich einen Fensterflügel zum Hof, nur einen Spalt, zog die Gardine aber gleich wieder vor. Es gab nur kaltes Wasser aus der Küche. Ich füllte den Feudeleimer, nahm das kleine Stück Lux-Seife vom Waschbeckenrand, zwei gebrauchte Frotteehandtücher, die an einem Haken hingen. Im Wohnzimmerschrank befanden sich Waschlappen und weitere Handtücher. Ich musste mich zusammenreißen, sonst hätte ich mich übergeben. Ich rollte Oma auf die Seite von mir weg. Es war nicht leicht für mich, da sie ziemlich dick und unbeweglich war. Ich zog ihr das Nachthemd aus und bedeckte sie mit einem Handtuch. Dann rollte ich das Laken vom Rand zur Mitte hin, damit ich einen sauberen Untergrund hatte. Ich verbrauchte mehrere Waschlappen und Handtücher und weichte die in einem weiteren Eimer ein. Mehrmals wechselte ich das Wasser. Es dauerte lange, bis Oma sauber war. Ich schob den Rollstuhl dicht an das Bett, legte ein Handtuch auf den Sitz, zog ihr ein frisches Nachthemd über und rieb sie vorher mit Kölnisch Wasser ab. Mit viel Kraftaufwand und Omas Mithilfe gelangte sie in den Rollstuhl. Dann konnte ich das Bett reinigen. Es gab eine Unterlage unter dem Laken, so dass die Matratze keinen Schaden genommen hatte. Aus ihrem Wohnzimmerschrank holte ich ein neues Laken, bezog Kissen und Zudecke neu und verbrachte Oma wieder ins Bett. „Wenn du das noch einmal machst, erzähle ich alles in der Straße und auch deinen Freundinnen. Dann wird dich keiner mehr einladen oder besuchen. Jetzt behalte ich alles für mich. Ich erzähle es auch nicht Mutti oder meinen Schwestern. Hör damit auf, meine Eltern ständig zu stören und wir immer alle springen müssen, wenn du an die Wand klopfst. Wir kommen zu dir von ganz allein. Das weißt du auch. Du kannst doch noch ein bisschen laufen. Ich werde die schmutzigen Teile in Sodawasser hinten in deiner Kammer einweichen und später zu der anderen Schmutzwäsche in der Waschküche packen. Dann merkt es keiner." Oma Bertha war glücklich und dankbar und drückte mir fünf Groschen in die Hand. Ich freute mich. Dann schlich ich mich über den Hof in die Waschküche und schrubbte mir die Hände mit Seifenpulver und einer Wäschebürste. Ich musste ständig würgen. Mir kam es vor, als hebe sich der Magen bis zum Hals. Ich trank aus dem Wasserhahn frisches Wasser und kühlte mir auch damit das Gesicht. Mein Kopf war heiß. So konnte ich nicht ins Haus zurück. Man würde mir etwas anmerken. Außerdem hatte ich das Gefühl, dass ich stinke. Meine Haare und meine Kleidung auch. Ich schlich mich in den Garten, in den Teil den man vom Haus aus nicht einsehen konnte. Meine Hände strich ich über die blühenden Blumen und dann ins Haar. Ich wälzte mich auf dem Rasen und rieb mich mit den Blättern der Johannisbeere ab. Diesen Duft konnte ich jetzt riechen.

Ich war lange verschwunden, aber es hatte mich keiner vermisst. Montags war Waschtag. Meine Mutter wunderte sich, dass viele fleckige Teile von Oma bei der anderen eingeweichten Wäsche lagen. Sie ging zu ihrer Schwägerin Agnes ins Haus und sprach mit ihr darüber. Keine von beiden konnte sich das erklären. „Hast du Hilda gesehen, war sie in der Woche hier? Oder Olga?", fragte meine Mutter. Agnes verneinte. „Deine Mutter muss sich wohl schmutzig gemacht haben. Wer hat sie bloß gewaschen?" Es blieb ein Geheimnis. Ich habe mit niemanden darüber gesprochen. Erst im Jahr 2002 auf Anfrage meiner Mutter. Ihr spukte es immer noch in ihrem Kopf herum, was damals passiert ist. Ich habe dann mein Schweigen gebrochen. Nach über 40 Jahren. Oma, verzeih mir!

Nachbarschaft

Gegenüber in Nr. 27 wohnte Muttis Cousin Hans unten rechts mit seiner Familie, mit Sohn Jürgen und Tochter Christa. Links im vorderen Zimmer war der erste Friseurladen von Bexkens nach dem Krieg. Links im hinteren Drittel des Hauses der Eingang zu den anderen Wohnungen. Oben Familie Abraham, Elisabeth und ihr Mann und die beiden Töchter Inge und Gerda. Einmal klappten Autotüren vor dem Haus. Mutti war für ihre Neugierde bekannt. Sie rannte von der Küche durch das Kinderzimmer bis vorne zum Fenster vom Wohnzimmer. Sie flog fast über ihre eigenen Füße. Sie schob die Gardinen vorsichtig zur Seite und versuchte, die Lage zu erkennen. Papa kam langsam hinterher, schob sie beiseite und öffnete das Fenster. „Heeei, sie da, wer sind sie? Meine Frau will gern wissen, was sie da wollen?" Papa war nichts peinlich. Er konnte sich schimmelig lachen und hoffte, seine geliebte Frau würde endlich mal ihre Neugierde zügeln. Meine Mutter mochte ein paar Tage überhaupt nicht mehr auf die Straße gehen. Was sagen bloß die Nachbarn? Hoffentlich hat das keiner mitbekommen.

Hinten unten lag die ehemalige Einzimmerwohnung von Opa Wessel. Linker Hand auf dem Grundstück in einem alten Fachwerkhaus mit Holz am Giebel wohnte die Familie Tews. Frieda hatte zwei Söhne, Werner und Walter und Tochter Jutta, später kam Sohn Nr. 3, Uwe noch dazu. Rechts im Hinterhaus wohnte noch Familie Gäde. Hinter einer hohen Steinmauer das Mädchenheim mit dem Luftschutzraum darunter. Später siedelte sich die Firma Otto Markert & Söhne dort an. An den Sohn von Hans kann sich noch die ganze Straße erinnern. Er hatte eine Klampfe und spielte mit Inbrunst auf ihr vor dem Mädchenheim. Er sang ohne Unterbrechung nur „Tiritomba" von Vico Torriani mit Blick auf die Fenster. War der Hit damals. Nachts, wenn der Musiker Schöllknecht von Haus Nr. 34 vom Spielen im Tanzlokal nach Hause kam, weckte er alle mit seinem Saxophon. „Il Silenzio" schmetterte er durch die Straßen. Man konnte nicht sagen, dass es langweilig war. Der „Goldeimerwagen" mit zwei Rössern davor, kam auch einmal die Woche die Straße entlang. Es gab in vielen Häusern kaum Wasserklosetts, sondern meistens Plumpsklos auf dem Hof. Zwei Kaltblüter zogen auch die Fässer der Holsten-Brauerei auf einem Leiterwagen donnernd übers Kopfsteinpflaster. Das Klappern der Hufe und das Rattern der mit Eisen beschlagenen Holzräder wurden von den Hauswänden der eng bebauten Straße doppelt laut zurückgegeben. Linker Hand vom Mädchenheim etwas zurückgesetzt das kleine Haus mit Werkstatt von Schlossermeister Lensch mit Frau und Sohn Norbert. Daneben ein graues Haus mit zwei Stockwerken, indem die

Baufirma August Horn ihren Sitz hatte und Hans Horn mit Ehefrau und den Söhnen August, Klaus und Jürgen wohnte.

Auch ein Arzt namens Jacobsen vom FEK Neumünster lebte dort. Familie Dallmann mit Tochter Ute. Neben der breiten Auffahrt zum Bauhof das Haus im Patrizierstil mit roten Klinkern und Erkern. In dem roten Haus hatte der Arzt Ullrich seine Praxis und Firma Horn ihre Büros. Gegenüber die Haartallee. Am Anfang des Weges stand ein Verkehrsschild mit einer Silhouette eines großen Mannes darauf und einem Mädchen mit Röckchen an der Hand. Wir Kinder nannten ihn den Mitschnackerweg, weil er zugewachsen war und zwischen den Gärten entlang führte. Allein wagte sich keine von uns hier durch. Zum Großflecken hin die Scheune von Loop/Schöttler und die Gaststätte. Links der Haartallee das schöne weiße Fachwerkhaus von Schrader. Da wohnte einst ein Verehrer von meiner Mutter. Warum das nichts wurde, hat sie nie erzählt.

Links daneben das große Pultdachhaus in beige und rot gehörte der Familie Poser, die einen rothaarigen Sohn Jürgen hatte. Angrenzend etwas zurückliegend deren Strickfabrik. Wir Zwillinge lungerten dort oftmals tagsüber an den Fenstern, schauten den Strickerinnen zu und hofften auf Restgarnrollen. Manchmal staubten wir auch welche ab. Das Krüppelwalmdach von Firma Malermeister Rix und Familie Germershausen lag quer zur Straße und hatte auf dem Hof viele Bauten für Farben, Leitern und Gerät. Die Tochter Marlies ging bei uns mit in die Klasse. Kaufmann Dressel, „de Höker", wieder mit der Giebelseite hart am Bürgersteig. Durch eine schmale Eingangstür direkt zur Straße ging es in den Laden. Von links nach rechts im Halbbogen stand der Tresen. Dahinter befanden sich etliche Regale mit Lebensmitteln in Tüten und Dosen. Eine schwarze Kasse, die klingelte wenn der Hebel vorn gedreht wurde und die Geldschublade aufging. Große Gläser mit losen farbigen Bonbons in Form von Himbeeren machten uns Kindern den Mund wässrig. Als die Tochter Edith den Rechtsanwalt Friedel Patorra heiratete, war die halbe Straße zum Polterabend da. Hinter dem Haus ging eine Kellertreppe nach unten. Da hinein wurde das ganze Porzellan zerdeppert. Meine Eltern zogen einen Leiterwagen mit allerhand Gesammeltem über die Straße bis hin zum Haus von Dressel. Viele Kinder tanzend und jodelnd hinterher. Wie Dressels wohl am nächsten Tag in den Keller gekommen sind? Denn dort lagerten doch die Vorräte für die Hochzeit. Wir alle feierten gemeinsam mit den Nachbarn den Polterabend. Es gab zu trinken und zu essen und es war für uns alle ein besonderes Fest und Erlebnis. Derzeit wurde grundsätzlich zu Hause gefeiert. Der Pastor kam zu Haustrauungen und feierte dann mit, sofern er nicht noch weiter musste.

Neben den Dressels stand das Haus des Glasbläsers, später wurde es Friseurladen von Bexkens, die im Hinterhaus wohnten. Mit dem Sohn Rainer und der Tochter Inge waren wir befreundet. Meine Mutter machte dort sauber. Nach der breiten Auffahrt standen das Wohnhaus und das Backhaus von Bäckermeister Kronbügel und sowie die Wohnung von Wilfriede und Familie. Sie wohnten oben im Haus. Man ging von hinten zwischen Back- und Haupthaus durch einen breiten Flur bis hin zur Ladentür, links davon war die breite Treppe nach oben. Der Fußboden des Flures war aus stumpfem, grauem Zement. Links von Kronbügels Haus ein etwa ein Meter breiter Knüppelgang zum Haus von Oma Bertha. Ein Sandweg trennte ihr Haus von Schlachter Stäcker mit Frau und Sohn Detlef und Oma Stäcker, die hinten zum Schlachthof wohnte. An dem Haus befand sich im Gang ein großer eiserner Haken, gebogen wie ein Ringelschwanz vom Schwein, wo manchmal Tiere vor dem Schlachten angebunden wurden. Den Hof bewachte ein nervöser, ständig bellender Schäferhund. Er bekam anscheinend viel rohes Fleisch zu fressen. Wenn er nicht an die Kette gelegt war, betrat ich nicht unseren Garten. Ich hatte immer Angst, dass er durch den maroden Holzzaun kommen könnte. Im nächsten Haus wohnten Schöllknechts mit ihren zwei Jungs und zwei Mädchen. Familie Finnern, ein Makronenbäcker nach hinten raus und zwei hübsche junge blonde Schwestern.

Wieder ein kleines Fachwerkhaus mit großer Dachgaube nach vorn, in dem oben „Laubenpieper" Maurermeister Wendt, mit fünf Kindern wohnte. Unten im Haus lebte Familie Tesch. Der Sohn wurde in den 80er Jahren ermordet. Ein furchtbares Drama. Havemeisters lebten ebenfalls dort. Dann kam das große graue Haus von Kaufmann Hoffmann, mit angedeuteten Säulen links und rechts der schmalen Fenster, Schnickschnack an Stuck dazwischen und über den Fenstern einige Pilaster. Ein imposantes Gebäude, leider düster da alle Fenster dunkel gestrichen waren. Die meisten Häuser hatten weiß gestrichene Sprossenfenster, die edel und einladend wirkten. In Hoffmanns Haus wohnten einst auch die Schusters, die nach Australien ausgewandert waren. Die Familie Schulz mit dem Sohn Peter, der mit Wilfriede befreundet war und später mit meiner Freundin Marion und sehr viel später eine Friseurin von Bexkens heiratete. Peters Schwester Ute war mit den Mädchen der Straße bekannt. Familie Rolf mit Sohn Bruno. Auch eine Familie Hagedorn.

Ein langgestrecktes Haus daneben wurde von Familie Dannath mit den Töchtern Lisa und Veronica bewohnt, die auch zur Timm-Kröger-Schule gingen. Dazwischen ein Garten. Das Haus daneben war Eigentum von Gärtner Schlossard mit einem Bernhardiner und anderen Bewohnern. Eine große Auffahrt zum Kohlenlager der Firma Otto Pries mit Ehefrau Leska und den hübschen blonden Töchtern Arnhild und Doris, die auch zur selben Schule wie wir gingen, später aufs Gymnasium. Daneben Kohlenhändler Theede, Familie Lange mit Tochter Monika, ebenfalls in der gleichen Klasse wie ich. In der Gegend wohnte auch Rainer Hahn mit seinen Eltern. Dann die Rixens mit einer Tochter und im letzten Haus Herrenfriseur Lund. Das war ein Stubenladen, wo sich die Männer ein Gläschen gönnten und tratschten. Der Friseurbesuch dauerte meist recht lange. Im Anschluss an diese Hausreihe folgten nur noch Gärten und Ländereien bis hin zum Südfriedhof.

Auf der anderen Seite, wo die Linden am Straßenrand standen, hatten die Häuser Vorgärten. Sie waren hübscher als die am Anfang der Straße. Nur dort wohnten Leute, mit deren Kindern durfte man nicht spielen, obwohl einige mit mir in eine Klasse gingen. Sie hatten Läuse und keine guten Umgangsformen. In Nr. 41 wohnten zwei gestandene kräftige Weibsbilder mit ihren schlanken dunklen Dalmatinerhunden vor der Haustür seitlich am Haus. Da wagte sich keiner aufs Grundstück. Es lebten dort noch die Matalewskis, Böckmann, Olli Johannsen, Familie Klopp, Inge Buhse mit Familie, Ziebeck, Jochimsen und Zigeuner in den kleinen Häusern.

Meine Eltern hatten auf der rechten Straßenseite hinter Friseur Lund ein großes Stück Land gepachtet, wo wir Kartoffeln, Erbsen, Bohnen und Zwiebeln anpflanzten. Die Gärten reichten bis zur Haartallee, wo der Cousin Oskar Lensch mit seiner Frau Martha wohnte. Auch Onkel Christian, der sich um den Sohn Horst von Oskar und Martha kümmerte. Die Familien trafen sich oft in den Gärten. Als Kind habe ich sie als Fremde wahrgenommen. Wir kamen zu selten zusammen. Mir erschien der ganze Familienverbund groß und unübersichtlich. Ich konnte die meisten Mitglieder nicht einordnen. Mit den Nachbarn der Straße kam man in der Regel gut aus. Wir hatten Respekt voreinander, betraten nie ohne Aufforderung deren Häuser und man siezte sich zeitlebens. Das „Du" wurde nur wenigen angeboten, meistens nur unter Männern.

Mein Zuhause

Das alte Fachwerkhaus im Herzen von Neumünster, unweit des Rathauses, war mein Zuhause. Eine Pferdestraße mit abgerundetem Kopfsteinpflaster und schmalen Bürgersteigen aus farbigem Klinker in schmutzigem gelb oder orange. Alte rote Patrizierhäuser am Anfang, dann folgten frei gestaltete eingeschossige Einfamilienhäuser, mal mit der Giebelseite nach vorn und auch welche mit der langen Seite alle mit hart am Bürgersteig aufsteigenden grauen Fassaden. Fünf größere Gebäude ragten aus den kleinen Häuserzeilen eng aneinandergedrängt hervor. Keines dieser Häuser hatte einen Vorgarten. Auf der linken Straßenseite ab Nr. 41 stadtauswärts einige mit Vorgärten, davor eine Baumreihe von Linden bis zur Ringstraße und weiter noch bis über die Feldstraße hinaus, links und rechts von den Friedhöfen und die lange Chaussee entlang. In weiten Abständen entlang der Straße ragten metallene hohe Strommasten empor. Sie hatten Verstrebungen, wie die des Eifelturms in Paris und standen direkt am Rande der Bürgersteige zur Fahrbahn hin. Dicke Leitungen überzogen die Straße. Auch vereinzelt erleuchteten angezündete Gaslaternen nachts die düstere Straße.

Man kannte sich untereinander. Auch die Familienverhältnisse. Die meisten wohnten beengt mit vielen Familienmitgliedern in einem kleinen Haus zusammen. Hinter den Gebäuden befanden sich Versorgungsgärten. Roberta, Ingrid und ich wohnten mit unseren Eltern bei Oma mit im Haus. Das Haus hatte viele kleine Räume, unten und oben. Von der Straße aus ein Haus-

flur mit glänzendem roten Steinfußboden, links und rechts weiße Kassettenholztüren zu den einzelnen Wohnungen, neben der
steilen dunklen Holztreppe nach oben, links davon waren zwei
Toiletten mit Wasserspülung hintereinander. Sie waren nur
durch eine dünne Holzwand getrennt. Wenn von der Wohnung
von Onkel Otto die Toilette im Flur benutzt wurde und man
saß schon nebenan auf unserem Klo, verhielt man sich oft total
ruhig, damit der andere nebenan nicht merkte, dass er einen
Zuhörer hatte.

Oben zwei kleine nicht abgeschlossene Wohnungen. Nach
vorne zur Straße ein Zimmer mit Alkoven und einer winzigen
separaten Küche, bestehend aus einer Spüle mit Unterschrank
und Kaltwasserhahn, ein einfaches Dachfenster zum Aufstellen. Nach hinten raus zwei Zimmer hintereinander mit Waschgelegenheit in einer Ecke. Die beiden unteren vorderen Wohnungen hatten jeweils einen Seitenausgang von der Küche zum
Gang, der zum Hof und zum Garten führte. Hinten rechts die
Einzimmerwohnung mit Küche und Abseite ohne Toilette. Die
Toilette im Hausflur konnte genutzt werden oder das Plumpsklo im Schweinestall auf dem Hof. Das Wohnzimmer von unseren Eltern war vorne zur Straße hin mit zwei schlanken
großen Fenstern, dahinter das Kinderzimmer, in dem 1953
mein Opa gestorben war. Es folgte die Küche mit Tür nach
draußen, eine Tür gegenüber zur Kammer, wo Klosett und Kel-
lerluke waren. An der Küche schloss sich das Elternschlafzimmer mit einem großen Fenster zum Hof an. Links von der
Schlafzimmertür hing das Spülbecken in der Küche, in dem
man sich in der Woche wusch und auch die Kartoffeln abgoss.
Badezimmer gab es ja nicht.

Genau so wenig wie Waschmaschinen. Gewaschen wurde in
der Waschküche. Die war hinter unserem Haus und lag in
Sichtweite zur Straße etwa 20 Meter entfernt links auf dem
Hof. Es war ein grau geputztes Flachdachgebäude mit Teerpap-
pe oben drauf. Ungefähr 2,50 m hoch. Ganz rechts an der
Wand, nicht von der Straße einsehbar, befand sich die einfach
gezimmerte, grüne Eingangstür. Ein großes eisernes Schloss
war von innen angebracht, darüber ein riesiger gerader Türgriff
aus schwarzem Eisen zum Runterdrücken. Im Winter fror man
mit feuchten Fingern daran fest. Dazugehörig ein riesiger einfacher Metallschlüssel mit großem Ring. In der Küche auf einem

Nagel hatte er seinen Platz. Die Waschküche war zu einem Drittel im hinteren Bereich abgetrennt. Dort befanden sich zwei Tanks für Heizöl in einer gemauerten Wanne. Davor wiederum eine schwere Holztür. An der Rückwand zum Garten ein einfaches Eisensprossenfenster mit zwölf Feldern. Ein ähnliches im vorderen Raum zum Hof. Links von der Eingangstür befand sich die schmale Zinkwanne. Das schmale Fußende zur Tür hin, das breitere höhere Ende zur Wand. Sie glich einem Sarg ohne Deckel. Rechts davon der große runde Emaillewaschkessel mit Deckel und Unterfeuerung wie ein Ofen. Darin wurde die Weißwäsche einer Woche mit Seifenpulver gekocht. Mit Hilfe eines großen Holzlöffels wurde die Wäsche bewegt und später dann auch damit entnommen und in alte gefasste Holzfässer verteilt und auf dem Waschbrett jedes einzelne Wäschestück weiter behandelt, bis es sauber schien. Gespült wurden die Wäschestücke mit kaltem Wasser aus der Pumpe mit Schwengel, die seitlich am Fenster stand. Die Zinkwanne diente als letztes Spülbad. Neben der Pumpe stand die Mangel. Das waren zwei gegeneinander laufende Rollen, die mit einem Hebel gedreht wurden. Jedes nasse Wäschestück wurde dazwischen geklemmt, durchgedreht und durch den Druck vom größten Teil des Wassers befreit. Das Wasser floss in einem Siel im Boden ab. Die noch sehr feuchte Wäsche wurde dann mit den Händen nochmals ausgewrungen und in Zinkwannen von zwei Frauen in den Garten getragen. Dort waren lange Leinen entlang der Beete gespannt. Hier in der Waschküche fand auch einmal wöchentlich der Badetag für alle statt.

Weihnachten in den 50ern

Zu Weihnachten war immer viel los in dem kleinen Haus. Es roch nach selbstgebackenen braunen Plätzchen, Kuchen, Klöben, Brot und Keksen. Es gab Rosenkohl und Grünkohl aus dem heimischen Garten. Wurzeln, Rüben und Weißkohl aus der Miete hinter dem Birnbaum, Kartoffeln aus dem Keller. Die Luke nach unten war in der Kammer, wo auch die Gummistiefel und Gartenklamotten aufgehoben wurden. Hinter einem Vorhang hingen der geräucherte Schinken und die Speckseiten vom Schlachten. Auch ein Fass mit Sauerkraut und eins mit gesalzenen Bohnen stand auf dem Fußboden. Soleier im großen Glashafen auf dem Bord. Im Keller auf den Regalen guckten gerupfte Geflügelhintern aus riesigen Weckgläsern einen an. Oder die Nackten saßen da, wie auf dem Sprung vom Einmeterbrett mit angezogenen Beinen, ohne Füße und Kopf und abstehenden Flügeln. Für uns Kinder ein gruseliger Anblick. Weiterhin reihten sich unzählige große und kleine Gläser mit Obst, Gemüse und Fleisch aneinander.

In der Küche stand inmitten des Raumes ein großer Abwaschtisch mit einschiebbaren emaillierten weißen Abwaschschüsseln. In der einen Schüssel rechts, kam heißes Wasser mit Spülmittel rein, in die Linke klares zum Abspülen. Auf dem Tisch lagen Geschirrtücher, um das Abgewaschene zum Abtropfen hinzulegen. Das Wasser wurde in Kesseln auf dem Herd vorbereitet. An der rechten Wand, gleich am Schornstein, ein Beistellherd mit Kohlebefeuerung, vier Ringplatten und ein Gasherd. Die Gasuhr war hinter einem Vorhang neben der Tür nach draußen. Nachts wurde das Gas grundsätzlich abgestellt, da die Leitungen, die mit einem flexiblen Gewebe ummantelt waren, nicht mehr sicher waren. Auch die Wasserleitungen wurden im Haus abgestellt, da sie leicht einfroren. Es war mühsam, ständig abends Wasser für alle abzufüllen und bereitzustellen.

Die Feuerstelle im Beistellherd erlosch Weihnachten nie. Berliner wurden in Pförtchenpfannen gebacken, mit selbstgemachter Marmelade gefüllt und mit Zucker ummantelt. In einigen Exemplaren versteckte sich eine Portion Senf, was in der Runde immer für Heiterkeit sorgte. Die großen Kochtöpfe voll mit Kohl und Wintergemüse bullerten auf den Kochstellen. Das Leben spielte sich ausschließlich in der Küche ab. Da war es warm. Wir saßen am Tisch zum Spielen, erledigten die Hausaufgaben, es wurde genäht und natürlich gegessen. Die Tür zum Schlafzimmer stand meist offen, damit die Wärme reinziehen konnte.

Mutti kochte und backte gerne. Sie war eine kleine emsige Frau und immer etwas hektisch. Sie kam nach ihrer Mutter, die noch winziger war. Nur das hörte sie nicht gern. Papa hatte das Viehzeug unter sich und den großen Garten. Saisonweise war immer genug zum Essen da. Nur manches, wie Brot und andere Lebensmittel, mussten beim Kaufmann Dressel angeschrieben werden. Das Arbeitslosengeld von Papa reichte meistens nicht über den Winter.

Am Nachmittag des Heiligen Abends wurde es laut auf dem Hausflur von der Straße her. Es kam Besuch für Otto und Agnes. Ein fröhliches Gelächter verhallte schnell, wenn sie in der Wohnung nebenan verschwanden. Plötzlich hatte Mutti noch etwas aus dem Keller zu holen. Sie schlich sich leise die Kellertreppe hinunter in den Vorratskeller, der zur Hälfte abgetrennt durch Maschendraht ihrem Bruder gehörte. Sein Keller hatte ebenfalls eine Luke nach oben zu deren Schlafzimmer. Mutti konnte nun in aller Seelenruhe zuhören, wer da gekommen war und was man sich erzählte. So erfuhr sie vor allen anderen, was in der Verwandtschaft abging. Getratscht wurde ständig. Da störten auch nicht die klammen Füße in den Puschen vom langen Stehen auf dem feuchten Backsteinfußboden. Man hatte ja sonst nichts, außer der BILD-Zeitung. Wenn Agnes ihr später mal mitteilte, wer zu Besuch war, tat Mutti ahnungslos. Meistens hatte sie was anderes gehört und dachte, die lügt ja. Aber sie tat interessiert, um alles mitzubekommen. Wenn sie sich jemals verraten hätte, wäre endgültig Funkstille zwischen den beiden Schwägerinnen gewesen. Das Verhältnis war gespannt. Es ist nicht bekannt, aber alle vermuteten, dass Mutti auch des Nachts manches Mal in den Keller geschlichen ist, um festzustellen, ob sich da noch was abspielt zwischen ihrem Bruder und seiner Frau.

Zu Weihnachten gab man sich der Kinder wegen Mühe. Papa schmückte grundsätzlich allein den Weihnachtsbaum. Es war ihm ein freudiges Bedürfnis. Den Baum sahen wir erst alle zur Bescherung. Mit viel Liebe zum Detail verteilte er die bunten Kugeln, Glocken, glitzernden Vögel mit glänzendem Plastikschweif, Schokokugeln, Kringeln und reihte das Lametta Faden für Faden auf. Oben thronte eine goldene Tannenbaumspitze. Wir Kinder staunten immer wieder. Unter dem Baum platzierte er eine alte Holzkrippe mit alten Holz- und Pappfiguren. Sie waren nicht mehr schön, aber immer dabei. Er hatte sie aus seiner Heimat mitgebracht. Das Lametta wurde wie auch die Kugeln jedes Jahr sorgfältig wieder abgesammelt und für das nächste Weihnachtsfest sauber geordnet verstaut.

Wenn gegen Abend das einzige Radio der Wohnung im Wohnzimmer laute Weihnachtsmusik spielte, der Ofen wohlige

Wärme abstrahlte und die Familie sich in ihren Sonntagsstaat geschmissen hatte, in der Küche Kartoffelsalat und Würstchen verspeist hatte, wurde das Weihnachtszimmer geöffnet. Richtige Kerzen erstrahlten am Baum, alles glitzerte verwunschen. Es strömte uns ein sagenhafter Duft entgegen. Ich bekomme bis heute Gänsehaut, wenn ich daran denke. Es war so schön. Sämtlicher Streit und alle Wut waren wie weggeblasen. Es war Weihnachten und es wurde wunderschön. Die Geschenke waren unter einer Wolldecke versteckt. Geschenkpapier hatten wir damals nicht. Natürlich mussten wir Kinder erst ein Gedicht aufsagen oder die Weihnachtsgeschichte vorlesen. Ich entschied mich immer für ein Gedicht. Mir war es peinlich vorzulesen: „... und Maria, die war schwanger ...“ Die Eltern mussten ja nicht wissen, dass ich meinte zu wissen, wie Kinder entstehen. Eltern machen doch so etwas nicht.

Meistens gab es etwas zum Anziehen, Wolle zum Stricken oder ein Spiel für alle zusammen. Trotzdem haben wir drei uns gefreut. Wenn mal ein Buch dabei lag, war es was Besonderes. Oftmals kamen Onkel und Tante von nebenan mit Cousin Hans-Otto zu uns herüber. Oma Bertha war schon da. Wir holten sie vor dem gemeinsamen Abendessen zu uns, seitdem der Opa 1953 verstorben war. Papa brachte Gläser und Getränke auf den Tisch und Mutti sorgte für Berliner und Salzgebäck. Auch genügend Aschenbecher standen bereit, es wurde fürchterlich gequalmt. Alle stießen miteinander an und verlebten meist einen gemütlichen Abend. Papa hatte stets zur vorgerückten Stunde seinen Spruch auf Lager: „Ik bün de Herr int Hus, ik hau opn Disch, dat de Klüten in de Gardinen baumeln, und watt mien Fru seggt, ward mogt.“

Tante Agnes fand bei mir besondere Beachtung. Sie sprach immer elegant und bemühte sich, vornehm zu sein. Mit ihrem rechten Handrücken strich sie sich die Haare galant aus dem Gesicht. Sie hatte einen Kurzhaarschnitt, gescheitelt und leicht rötlichgrau. Ihre Vorfahren stammten aus Schottland oder Irland. Wenn sie vom Stuhl aufstand, strich sie ihren Rock seitlich glatt, als sei der Stoff edelste Seide. Auch lachte sie verhalten und hielt sich kokett den Handrücken vor den Mund.

Onkel Otto war fast blind und litt an den Folgen einer Gehirnoperation während des Krieges. Er war lieb und stets gut gelaunt und konnte herrlich singen. Er sah seinem verstorbenen

Vater mit dem schwarzen Haar sehr ähnlich. Die Männer rauchten genüsslich ihre Zigaretten, tranken aus kleinen Stampern ihren Schnaps, während die Frauen aus alten geerbten Gläsern Wein nippten. Wir Kinder spielten unterdessen mit unseren Geschenken. Das war schon Tradition zu Weihnachten. Es war stets ein fröhliches Fest.

Am ersten Feiertag dann das große Essen mit allem Pipapo – Gans oder Ente aus eigener Schlachtung, mit Rotkohl, Rosenkohl und als Nachtisch Pudding. Auch mal Weingelee, wenn vom Vorabend noch etwas in der Flasche war. Mit geschlagener Sahne. Für alle der Wahnsinn. Nach dem Essen sollst du ruhen oder 1000 Schritte tun. Das war der Spruch des Tages von Papa. Allesamt anziehen und die neuen Sachen auf dem Großflecken zur Schau tragen. Wir Zwillinge voraus und die Kleine in der Mitte an den Händen. Die Eltern untergehakt mit Abstand hinterher. Wir trafen viele Bekannte, begrüßten uns gegenseitig und wünschten frohe Weihnachten, schauten in die Schaufenster von Haka, Herti, Karstadt, Fritz Sitte, Wäsche-Stahl, Drecoll, Pelze Deutschmann, Puppen-Popp, Jacobsen, Johannsen, Brodersen, Weinhandlung Pentz, Persson und andere Geschäfte. Auf der rechten Seite des Großfleckens in nördlicher Richtung in Höhe der Holstenstraße war die Dienststelle der Besatzungsmacht der Briten. Ich weiß nicht warum, aber ich hatte immer ein ungutes Gefühl, wenn wir dort vorbei spazierten, daran kann ich mich noch gut erinnern.

Der zweite Feiertag war für mich der Schönste. Wir besuchten alle Onkel Alwin, Muttis Bruder und seine Frau Gretel in Wittorf. Gleich nach dem Mittagessen, sobald wieder klar Schiff in der Küche war, machten wir uns auf den Weg. Natürlich zogen wir unsere Sonntagssachen an. Das war üblich, dass für besondere Anlässe oder auch nur für den Sonntag ein Kleid oder ein Anzug bereit hing. Ich fand, es war reichlich weit nach Wittorf. An der Ecke zum Großflecken mussten wir zur anderen Straßenseite wechseln, und zwar über den Haart in die Altonaer Straße. Die Wege waren glatt. Die Sonne wollte nicht richtig hinter den grauen Wolken hervorkommen. Sie blinzelte nur zeitweise hindurch. Es schien aber, als stünde uns noch ein schöner Winternachmittag bevor. Vorher kamen wir noch an einem engen Gang vorbei, wo auf dem Hinterhof die Porzellanfirma Nielsen war. Dann kam Schlachter Stockfleth. Daran schlossen sich hübsche hohe Patrizierhäuser mit Friseur Wernowski an. Das war der Anfang vom Haart. An der Ecke Haart/Altonaer Straße hatte der Autoersatzhandel Kolan seinen Laden. Wie eine Messie-Garage vollgestopft, nur viel größer. Linker Hand im Haart war der An- und Verkaufsladen von Johannes Miller, einem Bruder von Tante Agnes. Dort haben wir Kinder und auch viele Erwachsenen aus dem Umkreis am Schaufenster gestanden und ferngesehen, als Elisabeth zur Königin 1953 gekrönt wurde. Die meisten kannten da noch kein Fernsehen. In der Altonaer Straße kamen wir bei einem anderen Schlachter vorbei, dann an alten hohen Häusern und dem Hotel Stadt Altona. Links bog dann die Boostedter Straße ab mit etwas weiter rauf dem Amtsgericht und dem Strafgefängnis. Rechts ging es weiter mit der Altonaer Straße mit Stempel Schwarz gegenüber. An der Ecke Probstenstraße befand sich die Reichshalle, bestehend aus großem Tanzlokal und einer Bar und weiteren Tagungsräumen, dahinter die Holstenschule. Hinter der Gerichtsstraße auf der linken Seite das Nachtlokal „Hein Capell". Was das überhaupt bedeutete, blieb mir als Kind verborgen. Man ging nur nachts dort hin. Bis zur Stör hin standen links und rechts der Straße hohe Linden. Dahinter lagen auf der linken Seite zurückliegend in schönen Gärten elegante Häuser. Eines gehörte Professor Griesmann, Arzt am Friedrich-Ebert-Krankenhaus Neumünster und irgendwie mit der Familie verwandt. Ehrfürchtig und sehnsüchtig schaute ich jedes Mal dort hin. Ich träumte davon, dort auch einmal wohnen zu können. Wie schön musste es da drinnen sein.

Über die Stör gingen wir hintereinander rüber, es war nur ein schmaler Holzsteg mit Holzplanken an beiden Seiten. Weiterhin große Bäume beiderseits bis hin zur Gadelander Straße. Wir bogen links ab und dann auf die andere Seite in die Eiderstraße. Am Ende lag die Doppelhaushälfte von Onkel Alwin. Er konnte schon immer sehen wer zu Besuch kam, wenn man in die Straße einbog. Notfalls hätte er türmen können, über die Gärten bis hin zur Altonaer Straße. Alwin stand schon in der Tür, drei Außenstufen hoch, und strahlte seinem Besuch entgegen. Durch den kleinen Vorgarten gingen wir hintereinander ins Haus.

Drinnen begrüßte uns Gretel. Cousin Werner nannte meine Mutter immer liebevoll „Tan' Fiedi" statt Tante Elfriede. Schuhe ausziehen und dann konnte man links ins Wohnzimmer. Geradeaus durch den Flur kam man in die große Wohnküche mit Tür nach draußen in den Garten und eine Tür in den im Haus liegenden Stall für Viehzeug und Toilette. In der Küche war eine Wasserpumpe mit Schwengel. Hinter dem Garten schlossen sich nur noch endlose Felder an und ließen den Blick bis zum Horizont schweifen. Dort grasten Kühe und weiter weg noch Pferde. Onkel Alwin war ein kleiner drahtiger Mann, gerade mal 1,70 Meter groß und hatte O-Beine wie Hunnenkönig Attila. Er hatte unheimlich Schlag bei den Frauen und war der Belami des Großfleckens. Geschichten konnte dieser Mann erzählen, gemixt mit reichlich Fantasie und Humor.

Seine Heldentaten während des Krieges im Feld waren legendär. Einmal soll er in einem Loch Zuflucht gesucht haben und kurz darauf sei eine Bombe über ihm hochgegangen. Wie ein Wunder hatte er überlebt, ohne eine Schramme. Ich hörte ihm gerne zu. Er war Tuchmacher bei Firma Köster in der Gartenstraße und brachte oftmals Stoffreste oder Tuchabschnitte mit. Aus denen nähten Oma, Mutti und Gretel Kleidungsstücke für die Familie. Er war wichtig für uns alle.

Gretel hatte im Haus das Sagen. Es war seine dritte Frau. Er hatte noch eine Tochter Ingeborg aus einer anderen Ehe, die aber nicht bei ihnen wohnte. Ich freute mich auf Cousin Werner, zu dem ich einen besonderen Draht hatte. Wir verstanden uns prächtig und er hörte mir immer zu, obwohl er stets selbst gerne redete. Es gab nie Streit, anders als mit meinen Schwestern. Er war ein hübscher blonder Junge mit einem freundlichen ansteckenden Lachen. Wir saßen zusammen oben auf dem großen Dachboden auf den hellen Holzdielen, unter der Dachgaube, an den warmen Schornstein gelehnt und erzählten uns Geschichten. Roberta war natürlich auch dabei. Sie hätte nie verzichtet. Sie gönnte mir die Freundschaft zu Werner nicht.

Werner und ich träumten von Karrieren als Modeschöpfer, entwarfen Tapetenmuster und dichteten. Dabei vergaßen wir alle unsere schweren Aufgaben innerhalb der Familien. Das Einbringen der Ernte auf dem großen Stück Land weit entfernt vom Haus. Das Füttern der Tiere, das Abmisten und Säubern der Ställe. Im Sommer saßen wir mit Oma auf dem Hof, strippelten die Bohnen ab, palten die Erbsen aus, pflückten die Erdbeeren, ernteten das Obst von den Bäumen, entsteinten die Kirschen und Pflaumen zum Einmachen und noch vieles mehr. Das geschlachtete Federvieh musste von den Federn befreit werden. Im Spätherbst fand dann das Schlachtfest für die Schweine statt. Das Schlimmste aber, was Werner und uns Zwillingen immer bevorstand, war Oma in ihrem Rollstuhl zu ihren Freundinnen nach Tungendorf oder in die Ehndorfer Straße zu schieben und später nach den Hausaufgaben wieder abholen. Also vier Mal denselben Weg. Werner kam immer von Wittorf mit dem Fahrrad, stellte es in der Plöner Straße bei Oma ab, schob Oma wohin sie wollte, zu Fuß zurück zur Plöner Straße, mit dem Rad nach Hause nach Wittorf und abends dasselbe in Grün. Der Tag war für alle gelaufen, wenn wir an der Reihe waren. Morgens die Schule, dann Oma, dann Hausaufgaben, Garten, Viehzeug, Oma. Hans-Otto, unser Cousin, Sohn von Agnes und Otto, brauchte Oma nicht zu schieben. Er musste sich um seinen kranken Vater kümmern. Und täglich zwischendurch für uns, wann immer es nötig war, auf Ingrid aufpassen.

Während Alwin und Gretel unsere Eltern und Klein-Ingrid bewirteten, saßen Werner und wir Zwillinge oben auf dem Dachboden. Wir waren kreative Geister und ließen uns allerlei Geschichten einfallen. Darunter ein langes Gedicht über die BILD-Zeitung. Den Entwurf habe ich bis heute behalten und staune über unser Ergebnis:

Willst du das Zeitgeschehen erfassen,
dich bestens unterrichten lassen,
dann kauf dir statt ner Chesterfield
lieber ne Zehnpfennig Bild.

Meuchelmord im Schneegestöber
Rattengift in Gänseleber
Bayern ist ein Zug entgleist
Adenauer abgereist

Gattenmord im Ehebett
Verbrennungstod im Nierenfett
Einbruchdiebstahl im WC
Sau ertrank im Bodensee

Bäcker fiel in Jauchegrube
Schlägerei in Bauernstube
Untermieter totgeschlagen
Täter flieht im Kinderwagen

Über 4 Millionen Leser
Von der Donau bis zur Weser
Vater, Mutter Greis und Knabe
Warten auf die Bild-Ausgabe

Hund biss Kind aus Eifersucht
Muttermörder auf der Flucht
Mann fiel in die Mähmaschine
Keilerei in Werkskantine

Greis ein Auge ausgeschlagen
Eisenhower hat's im Magen
Polizei verfolgt Sadist
Bauernbursche warf mit Mist

Mäusegift im Kuchenteig
Angeklagter wurde weich
Opium im Mantelkragen
Riesensumme unterschlagen

Hat der Leser dies erfahren
Schlägt es ihm gleich auf den Magen
Diese Dinge die passieren
Bringen ihn zum Phantasieren

Hinter Bäumen, Zäunen, Mauern
Sieht er Mörder, die da lauern
Um mit Messern, Colt, Pistolen
Ihn ins Reich der Toten holen

Doch am nächsten Morgen dann
Schafft er sich die Bild gleich an

Kind im Walde ausgesetzt
Student hat Polizist gehetzt

Überfall auf alte Frau
Schnaps aus Rübensaft gebraut
Liebespärchen nicht mehr sicher
Aus den Gräbern schallt Gekicher
Explosion im großen Werk
Frau geklaut und nicht bemerkt

Gracia und Rainer sich sehr zanken
Man sieht Monacos Thron schon wanken
Große Konferenz bei Nasser
In die Milch muss noch mehr Wasser

Großalarm bei Polizei
Huhn legt 2 Pfund schweres Ei
Manche Frauen sind gut dran
Kriegen Kinder ohne Mann

Ehedrama im Tunnel
JFK nicht mehr aktuell
Filmfestspiele in Berlin
Dressmen gibt' s für sie und ihn

Ein bisschen Sex, viel Mordanklagen
Ja, da kann man doch nur sagen
Von der Zeitung fließt das Blut
Aber, trotzdem BILD ist gut!

Mit heißen Köpfen und total glücklich verabschiedeten wir uns gegen Abend voneinander. Es war wieder ein schöner Tag und bereits schon dunkel. Natürlich gingen wir zu Fuß nach Hause. Die Straßen waren nur spärlich beleuchtet. Ein Auto hatte keiner von uns und Taxen gab es kaum welche. Auf die Idee wäre auch niemand gekommen. Man war es gewohnt, den weitesten Weg zu Fuß zurückzulegen. Ich freute mich schon auf den Sommer und auf den August. Da hatte Werner Geburtstag und wir würden wieder alle hingehen. Für mich waren es die Höhepunkte im Jahr, wenn wir zu Onkel Alwin gingen.

Milch gänzlich unkontrolliert

Es war am Vormittag eines Sommertages. Wir Zwillinge waren noch in der Schule 4. Klasse, die kleine Schwester zu Hause. Oma saß hinten in ihrer Wohnung und schaute zum Fenster raus auf den Hof in den angrenzenden blühenden Garten. Sie erfreute sich an dem großen Birnbaum am Ende des Hofes und den überbordenden Walnussbaum rechts dahinter. Die Kirschen links hinter der Waschküche hatten schon kleine grüne Früchte. Die Wäsche auf der Leine wehte im lauen Sommerwind entlang der Beete durch den Garten. Ingrid stand an der Hausecke zur Straße hin und wartete auf uns, auf das wir von der Schule kommen sollten. Sie hatte keine Lust mehr. Niemand kam vorbei. Also ging sie seitlich am Haus entlang zur Küchentür, in die Küche, wo unsere Mutter das Mittagessen vorbereitete. Plötzlich ein Riesenknall! Das alte Haus erzitterte, Putz fiel von den Wänden. Staub wirbelte durchs Wohnzimmer bis hin zur Küche. Mutti blieb wie angewurzelt stehen, Ingrid auch. Mutti schaute vorsichtig von der Küche ins Kinderzimmer und durch die geöffnete Zwischentür zur Stube. Dichter Staub erfüllte die Räume. Man konnte überhaupt nichts mehr sehen. Dann sah sie die Motorhaube eines Lasters ins Zimmer ragen. Der rote antike Ohrensessel von ihrem verstorbenen Vater, der immer rechts noch in der Ecke stand, wo er zu Lebzeiten gerne gesessen hatte, war unter Trümmern zusammengebrochen. Rote Backsteine verteilten sich im Raum und man konnte durch das Loch in der Hausecke nach draußen sehen. Ein Milchlaster war von der Straße abgekommen und direkt in die Hauswand gerast, wo kurz vorher noch Ingrid gestanden hatte. Es war die gute Stube und dort hielt sich während des Tages niemand von uns auf. Gott sei dank! Im Nu war die Straße voller Menschen. Sie kamen alle aus ihren Häusern und wollten sehen, was passiert war. Jeder gab seinen Kommentar ab. Als wir Zwillinge aus der Schule kamen, liefen uns schon Nachbarn entgegen und riefen laut: „Euer Haus ist zusammengebrochen!" War das eine Aufregung. Gut, dass Papa Maurer war. Oma war Eigentümerin und ließ das alte Fachwerk von ihm wieder aufbauen. Von der Versicherung bekam sie Geld dafür. Auch für die Schäden innerhalb der Räume, für Tapeten, Teppich, Ersatz für den Sessel von Opa und es fiel noch eine Couch ab. Eine neue Deckenleuchte gab es auch. Alle hatten damals kaum Geld. Man ließ anschreiben bei Kaufmann Dressel und zahlte jeweils freitags, wenn es die Lohntüte gab. Oma hatte noch etwas über, sie leistete sich noch ein paar neue Möbel für ihre kleine Wohnung. Dieser Unfall war noch lange Gesprächsstoff für die Nachbarn in der Straße.

Pflichten ohne Freiheit

Die Helene-Lange-Schule, damals noch Mädchenmittelschule, war heillos überfüllt. Es wurde sogar in den Kellerräumen unterrichtet. Außerdem hatten wir eine Woche vormittags und die andere Woche nachmittags Unterricht. Das ging abwechselnd für eine lange Zeit. Zu Hause klappte da auch vieles nicht mehr. Morgens fiel die Arbeit an, die wir sonst später zu verrichten hatten. Da mussten die Schweine abgemistet werden, die Hühner gefüttert, Eier aus den Nestern genommen, Einkaufen gehen, Wohnung fegen und Staubwischen, Wäsche sortieren und bügeln, Oma versorgen und die kleine Schwester beaufsichtigen. Manchmal morgens vor der Schule auf das gepachtete Stück Land die Bohnen und Erbsen pflücken und Kartoffeln aufnehmen. Die Schulaufgaben wurden vernachlässigt. Meistens erledigte ich einiges in der Pause vor der jeweiligen Stunde. So sah es dann auch aus.

Da Roberta nicht mit Wilfriede von nebenan und mit mir zusammen den Weg zu Schule machen wollte, gingen wir oftmals allein, bis wir unterwegs andere Schulkameradinnen trafen, die sich uns anschlossen. Ich war dankbar dafür. So musste ich nicht ihre andauernden Schimpftiraden über meine Unzulänglichkeiten oder über andere Mitschülerinnen ertragen. Sie war auf Wilfriede eifersüchtig, weil sie meine beste Freundin war und klüger als wir beide zusammen. Roberta hatte niemanden. Auf dem Nachhauseweg bummelten alle gerne über den Wochenmarkt auf dem Kleinflecken. Die Augen auf den Boden gerichtet, um vielleicht Geldstücke zu finden, was auch manchmal klappte. Aber wir hatten nie so viel Zeit wie die anderen Mädchen aus unserer Klasse. Mutter gab uns jeden Morgen oder auch mittags vor Schulbeginn den Satz mit auf den Weg: „Kommt sofort nach Hause! Bummelt nicht rum!" Es klang immer wie eine Drohung. Natürlich eilten wir sofort nach Schulschluss zurück, weil wir uns um Ingrid und um Oma kümmern mussten. Mutti ging doch Saubermachen. In der Zwischenzeit wurde an der Schillerstraße hinter der AEG die von Eichendorff/Freiherr-vom-Stein Schule gebaut – für Mädchen und Jungen getrennt. Wir waren jetzt fast im Backfisch-Alter und darauf bedacht, schön auszusehen. Doch das gelang uns beiden nicht so gut.

Die Kleidung nähte immer noch Mutti für uns. Günstige Stoffe wurden ausgesucht, da sie ja zwei gleiche Sachen nähen musste. Es muss für sie tödlich langweilig gewesen sein und auch ziemlich ernüchternd. Unsere langen Strümpfe hielten wir mit Strapsen vom Leibchen her fest. Darüber dann den Baumwollschlüpfer. Ich fühlte mich ziemlich ärmlich gekleidet. Nie hatte ich etwas Gekauftes. Ich träumte von einem schönen glockigen wippenden Sommerrock mit Petticoat darunter, dazu Perlons und schöne flache Schuhe. Roberta liebte große florale Muster in burgunderrot oder in rosa oder Stoffe im Paisley-Muster. Ich fand einfarbig blau, oder weiß mit blau schön. Eine besondere Vorliebe hatte ich für englische Karos.

Beide trugen wir die gleiche hässliche Frisur. Seitenscheitel, Seitenpony mit Klammer gehalten und halblang. Ich war mit Inge Bexkens befreundet, deren Eltern den Friseursalon hatten, da fragte ich, ob sie nicht ein Versuchsmodel für ihre Lehrlinge gebrauchen könnten. Sie hatten Bedarf. Heimlich schlich ich mich in den Laden. Ganz aufgeregt nahm ich auf einem Sessel Platz und wurde dann wie beim Zahnarzt höher gestellt. Unter der Anleitung von Inges Mutter, schnitt der Lehrling mir die Haare. Ein struppeliger ganzer Pony, das volle Kopfhaar leicht gestuft und Schulter lang auslaufend. Trotz meiner blassen Haut mit den vielen Sommersprossen fand ich mich total modisch. Ich war glücklich. Aber mit Bauchschmerzen kam ich zu Hause an. Ich senkte den Kopf, damit es nicht gleich auffiel. Meine Mutter sah es sofort. „Wo warst du? Wer hat das gemacht?" Ich erzählte es ihr freudestrahlend in der Hoffnung, dass sie es auch gut fand. Sie nahm ihre Schürze ab, verließ das Haus und ging schnurstracks zu Bexkens. Dort erklärte sie, dass ihre Zwillinge beide gleich auszusehen hätten. Es sollte keine bevorzugt werden. So ermöglichte sie meiner Schwester ebenfalls einen kostenlosen Haarschnitt, versperrte mir damit abermals den Weg, eine eigenständige Persönlichkeit zu entwickeln. Frau von dem Hagen hatte es für mich so gehofft. Ich fand mich aber schöner. Friseur Bexkens hat uns nie wieder geholt. Ausgelacht wurden wir stattdessen. Am nächsten Tag in der Schule aber auch bewundert. Einige Klassenkameradinnen meinten, mir stünde der Haarschnitt besser.

Das Erlebnis „Holiday on Ice" in den Holstenhallen von Neumünster wurde für uns beide zum Desaster. Wir hatten wieder eines dieser biederen Kleidchen mit Rüschen an, darüber eine beigeweiße Hahnentrittjacke, auch selbst genäht, dazu braune Kniestrümpfe und braune Lederschuhe mit Gummisohle und Blockabsatz. Wir sahen altbacken aus und fühlten uns armselig. Und das wieder alles doppelt. Alle anderen, so kam es mir jedenfalls vor, hatten sich chic gemacht mit frischen Farben und eleganten Stiefeln, tollen Mützen und Handschuhen. In der Pause gingen wir nicht nach draußen, um zu flanieren, sondern blieben sitzen, die Röcke weit über die Knie gezogen, so dass man die hässlichen Strümpfe und Schuhe nicht sehen konnte. Zu unserer Erleichterung war es bereits dunkel, als wir den Heimweg antraten. So erkannte uns niemand.

In der 7. Klasse hatte ich in Mathe ein großes Defizit, Englisch war auch nicht gut. Ich blieb sitzen. Eigentlich war ich froh darüber. So käme ich endlich von meiner Schwester weg. Ich könnte mich endlich allein behaupten und müsste mich nicht immer an ihren Zensuren messen lassen. Auch hätte ich dann den Nachhauseweg für mich allein und würde nicht ständig von ihr in die Beine getreten werden, wenn ich eine bessere Zensur hatte oder Erlebtes bei den Klassenkameradinnen anders erzählte, als Roberta es wollte. Auch brauchte ich nicht immer nach Hause zu rennen, wenn ihr „Klassenkloppe" angedroht worden war. Ich ließ mir nichts anmerken. Machte auf traurig. Das Problem wurden dann meine Eltern. Sie wollten, dass alles so blieb. Wir beide sollten zusammen aus der Schule kommen. Das würde den ganzen Haushalt durcheinanderbringen. Was für eine Begründung, aber mich fragte niemand. Also ging Papa mit uns zur Rektorin Frau Suhren in die Kieler Straße, wo er sie privat aufsuchte. Sie wohnte in einer großen alten Stadtvilla mit dicken Orientteppichen und stilvollen alten Möbeln. Sehr imposant. Wir mochten uns nicht hinsetzen, als uns am Esstisch Platz angeboten wurde. Papa wollte, dass Roberta zurückversetzt wird, und zwar in die Klasse, in die ich kommen sollte. Nach vielem hin und her klappte das auch. Roberta war glücklich, denn sie hatte in der Klasse keine Freundin, mit der sie reden wollte. Sie hatte keine einzige Freundin. Ihr gefielen alle nicht, und hatte an allen etwas auszusetzen. Gegen die Rückversetzung wehrte sie sich nicht. Mit keiner Silbe. Mich hat keiner gefragt. Auch die Rektorin nicht. Es wurde einfach über meinen Kopf hinweg entschieden. Ich war sauer. Alles hatte ich mir schön ausgemalt. Das Sitzenbleiben hat mir nichts ausgemacht, aber jetzt wieder mit ihr zusammen den gleichen Zirkus fortführen zu müssen, das war gemein. Und dann noch ein Jahr länger als sonst. Ich konnte mich vor Wut kaum noch einkriegen. Ließ mir aber nichts anmerken. Was habe ich die Schule gehasst. Es dauerte lange, bis wir uns in der neuen Klasse eingefunden hatten. Wir waren nun an der Eichendorff-schule, die inzwischen fertig (1958) gestellt worden war. Die neue 7. Klasse war aus mehreren Klassen und Sitzenbleibern aus anderen Schulen zusammengewürfelt worden.

Die links vom Großflecken wohnten, gingen weiter auf die Helene-Lange-Schule, die rechts vom Großflecken auf die Ei-chendorff Schule. Meine Freundin Inge aus Wittorf konnte ich in der Schule nicht mehr treffen. Telefon hatten wir beide auch nicht. Wir schrieben uns Briefe. Besuchten uns vielleicht zwei-mal im Jahr. Sie wollte Roberta auf keinen Fall dabei haben. Das war für mich schon etwas besonderes und sehr schön. Inge wohnte in einem wunderbaren alten Haus und hatte in der ers-ten Etage ihr eigenes Zimmer. Wir haben zusammengehockt, Kaffee getrunken, Kekse gegessen, geschludert und viel ge-lacht. Mit Inge konnte ich viel lachen. Und ich konnte sicher sein, dass Roberta nicht hinterherkam, denn Inge hatte sie nicht eingeladen. In dieser Hinsicht war meine Freundin konsequent und ich bewunderte sie dafür.

Ich fand bald wieder auch neue Freundinnen. Da waren Uschi Hoppe und Uschi Uhlemann, Heimi Burmeister und Christa Olde. Wir traten grundsätzlich zusammen den Nachhauseweg an und trennten uns auf dem schmalen Holzsteg, der über die Schwale an der Holstenbrauerei vorbeiführte. Uschi Uhlemann bog schon vorher ab. Es war immer schade, denn sie lachte so herzhaft und verbreitete Fröhlichkeit. In ihrem Beisein kam auch mein heiteres, munteres Innenleben zum Vorschein. Ich hatte eine leicht ironische und sarkastische Ader und machte gerne spröde Witze. Wir konnten uns kringeln. Uschi Hoppe und ich haben uns auch nie trennen können. Roberta konnte das nicht aushalten, quatschte ständig dazwischen, zog das Gespräch an sich oder beendete vorzeitig meine Witze mit der Pointe. Es war für mich kaum auszuhalten.

Für Heimi Burmeister, die an der Feldstraße bei der Plöner Straße wohnte, nähte ich Kleider und Blusen zum Ausgehen und bekam etwas Geld dafür. Ich half einigen Klassenkameradinnen bei den weißen Küchenschürzen für den Handarbeitsunterricht. Auch das beäugte Roberta argwöhnisch und lästerte darüber. Ich war geschickt in Handarbeit und so konnte ich Leinen-Tischdecken mit Hohlsaum fertigen oder Topflappen häkeln. In einem aus Luftmaschen gehäkelten Ring entstand ein rechteckiger Lappen, in dem man in den Ring eine ungerade Zahl an festen Maschen hinein häkelte und dann in jeder weiteren Reihe in die mittlere Masche immer drei feste Maschen. Aus einer leeren Holzgarnrolle machte ich mir eine Strickliesel. Es wurden oben auf der einen Seite um das Loch herum vier Nägel in gleichen Abständen eingeschlagen. Darum legte man die Wolle mit Hilfe einer Häkelnadel darüber und immer rundherum. Dann kam unten ein gestrickter dünner Schlauch heraus, mit dem man fantasievolle Sachen machen konnte. Auch habe ich für alle möglichen Leute Pullover gestrickt, natürlich gegen kleines Taschengeld. In der Klasse gab es die erste Schwärmerei für Jungen.

Uschi Hoppe hatte bereits einen Bewunderer. Es war Bernd Thüß, ein Nachbarsohn von gegenüber in der Hauptstraße. Er, sein „interessanter" Bruder und seine Eltern wohnten dort in einer großzügigen Villa. Uschi dagegen, als Flüchtlingskind mit ihren Eltern aus den deutschen Ostgebieten, in einer Kate, bestehend aus zwei Räumen und einer kleinen Küche im Grund an der Schwale. Den Schlafraum teilte sie mit Mutter, Vater und Schwester Magrit. Das andere Zimmer war als Wohnraum sehr klein. Die Kate hatte zwar Strom, aber kein fließendes Wasser. Das holten sie aus der Pumpe draußen unter der Kastanie. Uschi lud nie jemanden zu sich ein. Ihr war es einfach zu peinlich. Ich fand es nicht weiter schlimm, denn auch wir hatten ein Plumpsklo draußen. Roberta fand Uschi Hoppe blöd und wollte keinen Kontakt, während ich von Uschi begeistert war. Sie war so intelligent, hatte ebenfalls Träume wie ich und wollte auch dieser Enge und Ärmlichkeit entfliehen. Insofern waren wir auf einer Wellenlänge. Nur hatte sie ein liebevolleres Elternhaus. Alle hatten Vertrauen zueinander.

Wir trafen uns im Sommer hinter ihrer Kate an der Schwale, um zu baden. Auch fuhren wir an den Einfelder See, wenn wir Fahrräder auftreiben konnten. Verreist ist meine Familie nur ein einziges Mal zu Verwandten nach Ostfriesland. Ansonsten gab es nur hin und wieder einen Ausflug in die nähere Umgebung. Wir waren mal im Sommer mit den Fahrrädern im Brachenfelder Gehölz zum Picknick. Die Kleine saß in einem stabilen Metallsitz, der vorn am Lenker angeschraubt war, die Füße auf kurze Raster, die links und rechts an der Radgabel befestigt waren.

Wilfriede aber blieb meine beste Freundin, die jetzt eine Klasse weiter war. Wir sahen uns jeden Tag zu Hause in den Gärten. Die Jungen der Freiherr-vom-Stein Schule auf der anderen Seite vom Fahrradstand zwischen beiden Schulhöfen waren für alle interessant, aber unerreichbar und waren ausreichend Gesprächsstoff bis zum Ende der Schulzeit.

Das Fernsehen 1957

Wir drei Mädchen schliefen mittlerweile im Durchgangszimmer zum Wohnzimmer. Im Elternschlafzimmer bekamen wir doch viel mit, wenn unsere Eltern zu Bett gingen. Wir taten zwar immer, als ob wir schliefen. Von der Möbelfirma Müllers Witwe im Schleusberg holten Papa und Onkel Walter, der Mann von meiner Patentante Olga, mittels eines Leiterwagens gebrauchte braune Einzelbetten für kleines Geld ab. Für jedes Bett noch einen Sprungfederrahmen und dreiteilige Matratzen aus Seegras mit blankem hellblauen Jacquardbezug. Ein Kopfkeil war auch dabei. Roberta und ich mussten wieder zusammen in einem Bett schlafen, während die Kleine ein Einzelbett erhielt. Schlafen war zu viel gesagt. Im Wohnzimmer lief abends der Fernseher. Man hörte es durch die hölzerne weiß gestrichene Doppeltür. Oftmals kamen Otto und Agnes herüber und erfreuten sich lautstark. Kuhlenkampf und Frankenfeld veräppelten die Leute auf der Bühne und die Zuschauer amüsierten sich königlich. Ich konnte mit all dem nichts anfangen.

Die unterschiedlichen Auffassungen zu vielen Themen brachten meine Schwester und mich noch mehr auseinander. Wir hatten völlig verschiedene Wahrnehmungen mancher Situationen. Wenn ich etwas absolut nicht gut fand, war es für sie gerade richtig. Dann musste es auch so stattfinden. Wir hatten nie die gleichen Ziele, nie denselben Blickwinkel noch ähnliche Ideale. Sie legte allen gegenüber Null Toleranz an den Tag, fiel stets ins Wort und konnte nicht zuhören. Ihre Kommentare waren von runter gezogenen Mundwinkeln begleitet. Das Zusammenleben und nachts noch zusammen in einem Bett mit ihr, war für mich nicht zu ertragen. Ich schlich mich daher oftmals, wenn die Eltern im Bett waren, auf die rote Chaiselongue ins Wohnzimmer. Mit einem kleinen Sofakissen und einer Wolldecke versuchte ich, die Nacht zu überstehen. Erzählt, habe ich es meinen Eltern nicht. Es hätte doch nichts gebracht, nur schlechte Stimmung.

Das einzig Gute an dem Raum war, wir konnten die Wände mit unseren Idolen schmücken oder aber auch bemalen. Im Fernsehen habe ich zum ersten Mal Western gesehen und war von der Landschaft des Wilden Westen total begeistert. Natürlich musste ich alles auf eine ganze Wand bringen. Da waren die Felsen, die Kakteen und die schießwütigen Cowboys, unglaublich. Ein Saloon rundete das Gesamtbild ab. An eine andere Wand malte ich Donald Duck auf die Tapete. Als wir drei dann später nach oben in das Zimmer zur Straße ziehen konnten, brauchten wir nicht ständig mit den Eltern fernzusehen. Ich ging lieber früh ins Bett oder war im Sommer draußen im Garten. Papa hatte den oberen Raum mit einfachen Papiertapeten ausgestattet. Links in der Wand eine Art Alkoven. Gerade vor zwei einfach verglaste Sprossenfenster zur Straße, rechts eine gerade Wand ohne Schräge. Gleich vorn links neben der Eingangstür war ein Ofen, der aber wegen der Brandgefahr fast nie beheizt wurde. Die Kleine bekam ihr Bett im Alkoven. Wir Zwillinge unsere beiden Betten wie Ehebetten nebeneinander. Sie hatten eine gemeinsame braune Rückwand, so dass wir die Betten nicht trennen konnten. Wäre schöner gewesen. So hätten wir beide einen kleinen Bereich für uns allein gehabt. Im Winter bildeten sich wie in allen nicht beheizten Räumen über Nacht dicke Eisblumen an den Fenstern. Sie waren hartnäckig und blieben meist, bis es draußen wärmer wurde. Wenn wir

Mädchen hindurch sehen wollten, mussten wir intensiv gegen die Scheiben hauchen oder lange die Handinnenflächen auflegen, um ein Guckloch in das filigrane Blumenmuster zu bekommen. Dicke Federbetten sorgten für wohlige Wärme. Die Familie stellte sie damals selbst her, und zwar aus den Federn der eigenen Entenschar. Den Geruch hatte man ständig in der Nase. Eine allabendliche Wärmflasche nahmen wir stets mit nach oben, damit die meist klammen Zudecken kuscheliger wurden. Um den blanken Holzfußboden abzudecken, häkelten oder strickten wir beide aus alten aufgeröppelten Pullovern und Strickjacken dicke Teppiche. Auch hatten wir von den geschlachteten Kaninchen Felle vor den Betten liegen.

Als dann Mitte bis Ende der 50er Jahre nach und nach ein Auto in der Verwandtschaft gekauft wurde, waren plötzlich alle Gespräche neuen Inhalts. Die Männer sprachen stundenlang über Ölwechsel und andere Schwierigkeiten beim Autofahren. Was uns Mädchen und Frauen überhaupt nicht interessierte. Aber die Männer hatten ein neues Spielzeug. Wenn Roberta und ich nicht einschlafen konnten, erzählten wir uns Geschichten. Das taten wir als Kleinkinder schon. Es war aus dem täglichen Leben, aufgeschnapptes vom Radio oder Fernsehen oder aus Gesprächen von Verwandten und Bekannten. Doch irgendwann wurde es unangenehm. Roberta verhielt sich in ihren Ausführungen nicht mehr kindlich frei. Es waren peinliche Sachen dabei, die mich zurückschrecken ließen. Der Spalt zwischen uns wurde noch größer. Wir entfernten uns Stück für Stück mehr von einander. Nur den Eltern fiel es nicht auf.

Schlachtfest, Taschengeld und Kloppe

Hinter Omas Haus war ein Hof mit Stallungen für Schweine, Leghornhühner und Italiener Hähne, Perlhühner mit ihren Puschen an den Füßen und Enten. Dort waren auch die Waschküche und die Tischlereiwerkstatt von Onkel Otto, das Plumpsklo, dahinter der große Garten. Zusammen mit Schwager Ingwert zog mein Vater zwei Angler-Sattelschweine groß. Sie hatten ein Kotelett mehr und höheren fetten Speck als andere Rassen. Der Höhepunkt jeden Herbst war das Schlachtfest. Es fand auf dem Hof und in der Waschküche statt. Nachdem der

Schlachter die Schweine getötet hatte und das Blut vom Hals in einen Eimer lief und ständig gerührt werden musste, kamen wir Kinder hinter den Häusern wieder hervor. Das Töten wollten wir nicht miterleben. Später, nach Prüfung und Besiegelung der Schweinehälften durch den Veterinär, dass das Schwein frei von Trichinen war, konnte es weiter gehen. Das in Eimern abgelassene Blut sollte für Blutwurst und Schwarzsauer weiterverarbeitet werden. Es musste ständig gerührt werden, damit es nicht stockte. Vorher wurden die Schweinehälften mit den Köpfen nach unten auf stabile Holzleitern gebunden. Die Bäuche mittig aufgeschlitzt und alles vorsichtig ausgeweidet. Alles konnte gebraucht werden. Das Gedärm wurde gekehrt, gewaschen und für die verschiedenen Würste benötigt. Lunge, Leber, Nieren und Herz fanden ebenfalls Verwendung. Die Schweinehälften hingen einen Tag lang draußen an der frischen Luft und wurden von uns Kindern mit wedelnden Geschirrtüchern von Fliegen freigehalten. In der Waschküche war das Wasser im großen Waschkessel schon seit dem frühen Morgen auf Kochtemperatur gebracht worden. Hier wurde das Wellfleisch gebrüht für die Wurst und einzelne Bratenstücke zum Einwecken. In eine Zinkwanne kam das mit dem Fleischwolf zerkleinerte rohe Fleisch hinein, zusätzlich noch verschiedene Gewürze und dann wurde es zu Mettwurst von Hand durchgeknetet. Das haben wir abwechselnd gemacht, weil es für die Handgelenke sehr anstrengend war. Grützwurst wurde hergestellt mit und ohne Rosinen. Den „Bregen" vorsichtig aus der Kopfhöhle gelöst und für den nächsten Tag zurückgestellt zum Braten. An der Wurstmaschine stopfte man die Wurstdärme für Lungen-, Leber- und Blutwurst voll. Sie wurden nach einer bestimmten Länge gedreht, abgebunden und später nach dem Räuchern getrennt.

Wir waren den ganzen Tag auf den Beinen bis spät in die Nacht hinein. Alle halfen mit. Mutti und Papa, wir drei Kinder, Agnes und Otto, Hans-Otto, Ingwert und Hilda und Oma Bertha. Irgendeiner sorgte für frisches Brot, das wir mit dünnem Wellfleisch belegten, mit Senf bestrichen und dazu eine leichte Gemüsesuppe aßen. Einmachgläser in allen Größen standen parat, um gefüllt zu werden. In einem großen Holzbottich legte man die Hinterschinken jeweils gut bedeckt mit Salz zum Reifen für etwa einen Monat ein. Dann kamen sie für drei Monate in den Rauch nach Aufeld. In der Waschküche, auf dem Hof und auch im Haus machte sich der appetitanregende Geruch der Gewürze breit. Hunger hatten wir immer. Todmüde fielen wir gegen Mitternacht alle in die Betten. Am nächsten Tag machten sich Papa und Ingwert mit den Fahrrädern und jeweils einem Anhänger beladen mit den verschiedenen Würsten auf den Weg zur Räucherkate nach Aufeld. Wir hatten alle kein Auto. Die abgekochten Kieferhälften mit den Zähnen noch dran, nahmen wir mit in die Schule für den Biologieunterricht.

Wir lernten schnell, wie man Taschengeld verdienen konnte. Denn von unseren Eltern oder Verwandten war nichts zu erwarten. Uns ging es nicht schlecht, aber ausreichend Geld hatten wir nie. Also verkauften wir Blumen aus dem Garten, aber so, dass es die Eltern nicht merkten. Eine schöne Scheibe Schinken oder Mettwurst wechselte gegen Kleingeld auch den Besitzer. 20 Pfennig waren mindestens drin. Äpfel, Birnen, Pflaumen, Stachelbeeren, Erdbeeren, Johannisbeeren verhökerten wir in der Schule. Kleine Näharbeiten für den Handarbeitsunterricht der Klassenkameradinnen besserten ebenfalls mein Taschengeld auf. Es brachte etliche Groschen ein.

Ende der 50er Jahre hatten wir nur noch Hühner und Enten. Papa probierte sich als Wellensittichzüchter aus, was aber fehlschlug. Nach seiner schweren Arbeit als Maurer hatte er sich ganz dem Garten gewidmet. Links und rechts des langen Weges nur noch Beete angelegt. Salat im Frühjahr, Erbsen, Wurzeln, Gurken, Bohnen, Zwiebeln, Kartoffeln, Grünkohl, Rosenkohl. Das ganze Jahr über ernährten wir uns aus dem Garten. Für seine Frauen legte er einen Rasenplatz unter einem Eierpflaumenbaum an. Die Pflaumen waren das leckerste Obst, das der Garten zu bieten hatte. Nur die Bienen störten gewaltig, wenn das Obst reif war. Nach dem Speiseplan konnte man den genauen Wochentag erkennen. Montags gab es konstant Suppe – Erbsen-, Bohnen-, Linsen- und Gemüsesuppe mit kleingeschnittenen Würstchen oder Fleischresten.

Ich mochte überhaupt keine Suppen, ich konnte sie schon nicht riechen. Dienstags aufgewärmt. Mittwochs Milchsuppen mit Sago, Hörnchennudeln oder Buttermilchsuppe mit Buchweizenklößen, Rosinen und Mettenden, Großer Hans mit Backobst, oder Milchnudeln mit Backobst oder Mehlklöße gefüllt mit Zwetschgen, dann in der Pfanne gebraten mit Fett darüber.

Donnerstags Kohlmus, Rübenmus, Bohnenmus, Bohnen, Birnen und Speck. Freitags aufgewärmtes oder Fisch mit Kartoffeln und Petersiliensoße. Samstags, Milchsago, Milchreis mit Früchten. Sonntags Braten vom Schlachten aus dem Weckglas. Pudding. Selbstgebackenen Kuchen. Zum Frühstück Brot mit Margarine, selbstgemachter Marmelade oder Honig. Sonntags immer jeder ein Ei und gute Butter. Abends Schwarzbrot mit Wurst, Schinken oder Käse. Wenn wir Kinder mal Appetit auf was Süßes hatten, wurde ein Zuckerei aufgeschlagen. Auch mal saure Milch mit Zwieback. Kartoffelpfannkuchen mit Apfelmus, Tomate mit Zucker.

Das Leben war hart. Papa kam oft spät abends vom Bau nach Hause, weil er im Akkord zwölf Stunden in Hamburg arbeitete, um mehr Geld zum Haushalt beizusteuern. Dann aßen wir alle recht spät am Abend in der Küche warmes Essen. Papa hatte noch kein Mittag gehabt. Er saß an der Stirnseite des Tisches zur Schlafzimmertür hin und Mutti am anderen Ende. Mit dem Rücken zum Fenster saßen wir Zwillinge, ich rechts von Papa. Ingrid uns gegenüber. Er liebte sein zusammen gewürfeltes Besteck. Rechts ein großes Brotmesser ohne Wellenschliff und links eine Gabel mit Holzgriff. Wegen seiner großen Hände brauchte er es. Das lag ihm besser in der Hand. Das große Messer wurde auch dazu missbraucht, mir damit mal eins auf die Finger zu geben, wenn ich frech war. Er schlug dann einfach mit der flachen Klinge auf den Handrücken. Keiner wagte, etwas zu sagen. An manchen Abenden verging mir der Appetit. Ich war sehr geruchsempfindlich. Papa war wie üblich in seinen Arbeitsklamotten am Tisch. Es war ja in der Küche und nicht in der guten Stube. Er roch durchgeschwitzt und schmutzig. Ich hielt mir beim Essen die Nase zu und verschluckte mich natürlich. Und schwups, gab es was mit der Klinge auf die Finger. „Pass' doch besser auf und nimm die Hand aus dem Gesicht!", fluchte er laut. Ich wurde bockig: „Ich kann nicht essen. Du stinkst so! Darf ich bitte aufstehen?" Alle schauten sich entsetzt an und waren still. Mein Vater: „Du kannst aufstehen und nach draußen gehen. Da kannst du dich ausstinken!" Ich mochte später nicht mehr reinkommen. Mein Vater hatte sich gewaschen und umgezogen und rief mich dann rein. Ich durfte ins Bett gehen. Von da an änderte er sich. Er machte sich grundsätzlich frisch, zog sich um und kam dann erst zu Tisch. Auch hatte er mich mal wegen einer Nichtigkeit geohrfeigt. Ich war wütend, weil er es vor meinen Freunden getan hatte. Ich stand aufgebaut vor ihm und zeigte mit der einen Hand auf meinen rechten Arm und dann an den Kopf und schrie: „Der eine hat es eben hier und der andere da!" Und schon bekam ich wieder eine gefegt. „Papa, hast du nicht verstanden? Ich meinte, der eine hat es nur in den Armen, der andere im Kopf. Erkläre es mir bitte, wenn ich was falsch gemacht habe."

Die schlimmste Strafe war aber, wenn ich im kalten Schlafzimmer in der Ecke stehen musste und ich das Gefühl hatte, mich hätte man vergessen. Es war einfach zu lange. Es kam niemand, um mich zu erlösen. Meine Mutter nahm, wenn sie nicht weiter wusste den Holzkochlöffel, und schlug damit um sich. Manche brachen durch. Das war auf die Dauer zu teuer. Sie nahm dann den Abwaschlappen. Das Gemeine daran war, sie machte ihn vorher nass. Außerdem drohte sie damit, wenn wir weiter ungezogen seien, kämen wir ins Heim. Das tat richtig weh und machte uns Angst.

Die langen Sommerferien verbrachten wir immer zu Hause. Wilfriede reiste stets zu ihrer Oma nach Horst. Ich versuchte die Zeit mit Handarbeiten, Lesen oder nur Rumtoben mit den Jungs aus der Nachbarschaft totzuschlagen. Es war für mich immer eine große Freude, wenn Tante Helma, Onkel Willi mit ihren drei Jungs ein paar Wochen in den Sommerferien zu Besuch kamen. Sie schliefen immer bei unserer Cousine Renate, Tochter von Ingwert und Hilda. Renate hatte auch Familie mit drei Töchtern, ungefähr gleichen Alters wie die Jungs. Bei schönem Wetter waren alle Familienmitglieder mit Tanten und Onkel bei Oma im Garten. Alle freuten sich jedes Jahr auf diesen Besuch.

Monika, die älteste Tochter von Renate, suchte stets die Nähe von Tante Helmas Sohn Anton, genannt Toni. Ich glaube, sie war verknallt. Sie hatte aber nicht viel Freude daran, weil meine kleine Schwester Ingrid sich immer dazwischen drängte. Eifersüchteleien machten sich da schon bemerkbar. Tante Helma hatte immer viel Heimweh. Deshalb kamen sie oft. Einmal wurde es noch interessanter. Meine Patentante Olga hatte ein Berliner Kind über die Ferienzeit zur Pflege aufgenommen. Es war ein frecher Junge von zehn Jahren und war kaum zu bändigen. Sie hatte ganz schön Mühe mit ihm. Eine Freundschaft konnte zwischen uns nicht entstehen, da ich zu verklemmt war. Irgendwie war er für mich ein Exot und kam von weit her. Wie vom anderen Stern. Berlin war so weit, da würde ich nie hinkommen. Außerdem waren da die Russen.

Das zweite Mal, dass ich ein Kino besuchte, war als Teenager. Wir bekamen Freikarten beim Kaufmann von der Waschmittelmarke Persil. Der Werbefilm lief im Kino Schauburg Ecke Großflecken/Fürsthof neben den Kammerlichtspielen. Leider nur Stehplatz oben auf der Empore. Aber ich ging dreimal in den Film mit Lilien Harvey und Willi Fritsch. Eine Liebesschnulze mit viel weißer Wäsche. Einfach schön. Das Lied „Irgendwo auf der Welt gibts ein kleines bisschen Glück, das gibts nur einmal, das kommt nie wieder, das ist so schön um wahr zu sein.", verfolgt mich heute noch. Damals habe ich mich danach gesehnt. Ich wusste bloß noch nicht, was eigentlich Glück ist. Die tanzenden Menschen in ihren weißen Kleidern und Anzügen und weißen Hüten in wunderschönen Städten mit blühenden Büschen und weißen Blüten haben mich total verzaubert. Was für ein Reklamefilm für ein Waschmittel.

Mit 15 Jahren ging ich abends mit der ganzen Klasse und der Lehrerin Frau Wehnert in die Tonhalle auf den Großflecken, um Klaus Kinski sehen zu können. Keiner kannte ihn, aber Frau Wehnert meinte, er sei der kommende Schauspieler. Ich zog mein blassrosa Kleid mit den langen Manschettenärmeln und dem großen Spitzenkragen an, Perlons und weiße Leinenschuhe. Die Schuhe und Strümpfe habe ich mir von meinem verdienten Taschengeld kaufen können. Sonst wäre ich nicht mitgegangen. Hohn und Spott hatte ich zu Hause schon genug. In der Schule nannten sie uns die Perlhühner, weil wir melierten Haare hatten. Das hatte keiner, nur meine Mutter und Cousine Helga. Ich saß hinten links in einer Loge mit noch anderen. Sehen und verstehen konnte ich ihn gut. Nur bekam ich den Sinn nicht mit. Ich sah auch, wie er vor Eifer spukte. Mir war er unangenehm. Wie ein wildes Tier gebärdete Kinski sich auf der Bühne. Seine strohblonden Haare standen in alle Himmelsrichtungen ab. Er sah ungepflegt aus. Mein Schwarm ist er nie geworden.

Ende der 50er Jahre zog auch die Bundeswehr in Neumünster ein. Etliche Kasernen waren wieder von jungen Männern belegt und sie belebten mit ihren schmucken Uniformen das Stadtbild. Im Stadtwald fand die Vereidigung unter großer Beteiligung der Bevölkerung im Beisein der Honoratioren der Stadt und Kai-Uwe von Hassel statt. Es war für mich ein Erlebnis mit Gänsehaut, als die Nationalhymne gespielt wurde. Den Text hatte man uns in der Schule im Musikunterricht beigebracht, so dass wir mitsingen konnten.

Konfirmation

Am 20. März 1960 feierten wir unsere Konfirmation. Mutti nähte uns ein dunkelblaues Kleid, ripsartig, mit breitem Taillenbund, ovalem Halsausschnitt und angekraustem Rock, Dreiviertelarm. Wir Konfirmanden trugen alle eine silberne Kette mit Kreuz um. Helle Perlons und schwarze Pumps mit kleinem Absatz. Unser Pastor Lehrbass wusste um die Finanzen in unserem Haus. Mein Vater hatte seinerzeit das Pfarrhaus für ihn umgebaut. Wir bekamen über die Kirche einen Mantel gespendet. Die Firma Marsian stellte die Kleidungsstücke zur Verfügung. Ich suchte mir einen königsblauen Bouclé-Mantel mit hübschen Knöpfen und rundem Kragen ganz schmal geschnitten aus. Blau war meine Lieblingsfarbe. Meine Schwester nahm sich einen glatten anthrazitfarbenen Blazermantel. Eigentlich passte er gar nicht zu ihr. Es war überhaupt nicht ihr Stil. Sie liebte Schnickschnack, Blümchen und Rüschen und rosa. Obwohl ich sportliche Sachen mochte, war er mir zu schlicht. Meiner fiel wenigstens auf. Er war neu, ein Model und nicht aus zweiter Hand und nicht selbst genäht.

Meine Eltern richteten uns eine schöne Feier zu Hause aus. Es kamen alle Tanten, Onkel, Cousins und Cousinen. Natürlich erst nachmittags zum Kaffee. Es gab viele verschiedene selbstgemachte Torten, Kekskuchen und Sandgebäck. Der Bohnenkaffee wurde sorgfältig aufgebrüht. Die Porzellankannen standen im heißen Wasserbad in Kochtöpfen auf dem Herd und warteten auf ihren Einsatz. Wein und Köm wurde ausgeschenkt, auch selbstgemachte Säfte. Inzwischen hatten wir einen Kühlschrank, den die Verwandtschaft bewunderte. Große Geschenke gab es damals nicht. Wir bekamen, weil wir ja zwei waren, jeder nur insgesamt 35 Mark, kleine Sachen zum Anziehen, wie Perlons, Unterwäsche, Handschuhe und insgesamt sieben Tafeln Schokolade. Nach dem Kaffeetrinken habe ich mich umgezogen. Das Kleid war mir zu kalt. Ich zog mein rosa Kleid vom Kinski-Abend an. Das war schön gemütlich. Mit 16 schwärmte ich für Gitte und Rex Gildo. Nach Schulschluss trafen wir Mädchen aus der Klasse von der Eichendorff Schule uns in der Christianstraße in einem Plattenladen. Manchmal kamen auch Jungs der Freiherr-vom-Steinschule dazu. Wir saßen dort auf Barhockern vor einem schmalen Tresen mit Ohrhörern auf dem Kopf und lauschten unseren Idolen. Mit den Jungs ganz dicht neben uns Herzklopfatmosphäre. Nach Gitte und Rex kamen Bill Haley und Elvis. Den hatte ich in voller Lebensgröße an der Wand.

Abwechselung brachte einmal im Jahr die Kundgebung am 1. Mai auf dem Feldplatz an der Plöner Straße. Man traf viele nette Bekannte. Wenn die Gildebrüder in Uniform und Kapelle durch die Stadt marschierten, war ich auch immer am Straßenrand dabei. Ingrid sollte nun von der Grundschule auf die Realschule wechseln. Sie war angemeldet und hatte bereits am Unterricht teilgenommen. Nur hatte sie so ein Heimweh. Die Schule war eine halbe Stunde Fußweg von zu Hause entfernt und sie ließ in den Zensuren deutlich nach. Meine Mutter litt, Ingrid litt. Das Nesthäkchen brachte es nicht. Also zurück zur Grundschule, fünf Minuten entfernt von Mutti. Bei der Einschulung in die erste Klasse hat es schon eine nasse Unterhose gegeben. Sie hatte damals einfach auf den Stuhl gemacht.

Später, viel später, besuchte ich mit einem Freund ein Klassikkonzert in der Aula der Klaus-Groth-Schule. Es dirigierte und musizierte Herribert Beißel. Es war ein Erlebnis! Ich trug ein kleines Schwarzes mit Goldschmuck. Meine Haare offen, lang und ein leichtes Make-up. Später war eben dieser Beißel auch mal Dirigent in Bayreuth. Der Freund, mit dem ich das Konzert besuchte, war sein Bruder. Danach hörte ich nur noch Opern und Operetten. Das war ich auch von zu Hause aus gewohnt. Meine Mutter schwärmte für Operetten.

Sommer in Ostfriesland

1961, die Schule war für uns Zwillinge beendet und wir sparten auf den ersten gemeinsamen Urlaub mit den Eltern. Bisher fehlte immer nur das Geld. Papa wollte gern mal wieder in seine Heimat, Freunde und Verwandte treffen und seinen Kindern alles zeigen. Wir zahlten unsere Reise selbst, während die Kleine verbilligt mit unseren Eltern fuhr. Sie war erst zehn Jahre alt. Für mich war es aufregend. Ich war schon einmal mit meiner Patentante Olga mit dem Zug nach Hamburg gereist. Leider wollte meine Zwillingsschwester auch mit. Wir besuchten dort den ältesten Sohn der Tante, der gerade Vater geworden war. Ich erinnerte mich gerne an die Zugfahrt und den Aufenthalt. Die Schulausflüge waren nicht so beeindruckend. Viele konnten wir auch nicht mitmachen, da das Geld für beide fehlte. Ich erinnere mich nur noch an eine Klassenfahrt nach Hamburg und eine Barkassenrundfahrt auf der Elbe oder der Alster. Jetzt aber für diese Reise packte jede von uns selbst ihren Koffer. Es waren kleine Pappkoffer im Karomuster hellbeige und braun und die Randverstärkung in braunem Leder. Und natürlich die dicke Bertha kam auch mit. So nannte ich meine Handtasche. In Anlehnung an meine Oma Bertha, die rund und dick war.

Alle hatten sich in Schale geworfen. Papa im leichten Sommeranzug mit Mayserhut, Mutti Kleid mit hellem Staubmantel darüber, weißen Schuhen und weißem Sommerhut. Wir Zwillinge mit unterschiedlich farbigen Sommermänteln, Rock und Bluse und natürlich weißen Pumps. Wir hatten auch Hosen eingepackt, weiße selbst genäht. Nietenhosen oder die tollen Red Jeans, wie die Klassenkameradinnen sie schon trugen, konnte ich mir nicht leisten. Die Garderobe von uns beiden wich jetzt gänzlich von einander ab. Gleich angezogen sein, das war gestern. Außerdem hatte ich meine Haare kürzer als meine Schwester. Ich trug einen Raspelhaarschnitt – struppig in Stufen. Die Kleine ein hübsches Kleidchen, weiße Kniestrümpfe und helles Mäntelchen, mittelblondes Haar, geschnitten zum Bubikopf mit Klammer an der Seite aus dem Gesicht geholt.

Auf dem Neumünsteraner Hauptbahnhof war es sehr zugig. Er war oberhalb der Straße mit einer Überdachung der Gleise angelegt. Der Zug kam, teilweise bestand er aus mehreren Güterwaggons und etlichen Personenabteilen. Wir saßen in der dritten Klasse. Auf den Holzbänken, bestehend aus schmalen Latten mit mäßiger Sitzsenke, saßen schon einige Leute. Es war aber noch genügend Platz in einem halboffenen Abteil, indem man sich gegenüber saß. Eine Holzrückwand hinter den Sitzen trennte die einzelnen Abteile voneinander. Oben über den Köpfen waren Netze aus stoffbezogenen Gummis gelbgoldfarben gespannt, für Koffer und Taschen. Das große Zugfenster, das man zu einem Drittel runterziehen konnte, ließ viel Platz für spannende Eindrücke. Darunter befand sich ein kleiner Klapptisch für Getränke oder Brot.

In Hamburg mussten wir umsteigen. Nervös hasteten alle zum richtigen Bahnsteig in den Zug, der uns nach Emden bringen sollte. Die Bahnfahrt war lang und öde, nur Gegend. Abwechselung brachten die eingepackten belegten Brote und der in Glasflaschen abgefüllten Saft. Ständig hielt der Zug an jedem kleinen Ort über Stade, Bremervörde, Bremerhaven, Varel, Wittmund, Aurich, Emden. Mehrmals kam der Schaffner durch den Zug, um die Fahrscheine von den Zugestiegenen zu überprüfen. In Emden wartete ein Bus, der die Küstenstraße entlang nach Greetsiel fuhr. An der Strecke waren kleine Holzhäuschen postiert mit einem Schild „LP" davor. Das war für die kleine Bimmelbahn der Punkt an dem der Lokführer läuten musste, bevor er die einzelnen Dörfer passierte, erklärte Papa stolz seiner Familie.

In dem Dorf Manslagt stiegen wir schließlich aus. Eine Landstraße ohne alles. Nur eine Haltestelle. Begeisterung lag nicht in der Nordseeluft. Müde und abgespannt machten wir uns zu Fuß auf den Weg. Die Sonne brannte vom Himmel. Das Dorf lag in Sichtweite. Alles flach. Die einzigen Erhebungen waren Kühe. Um das Dorf herum Gräben, links und rechts der befestigten Straße. Papa dagegen, begann zu schwärmen. „Wisst ihr warum die Ostfriesen so lange Arme haben? Damit sie sich, wenn sie des Nachts nach Hause kommen, an den Gräben festhalten können." Ich sah es ihm an, er freute sich. Er war wieder zu Hause.

Es gab hier keine Straßenbeleuchtung. Wie muss das nachts dunkel sein! Man konnte man nur vorsichtig über die Sandwege tapsen. Aber die Sterne am freien Himmelszelt könnte man sehen. Wir mussten durch das Dorf mit seinen kleinen, in Rotstein gemauerten Häusern, hindurch bis zum äußersten Rand, dann den befestigten schmalen Sandweg nach rechts einschlagen. Links einige wie an einer Kette gezogene rote Backsteinhäuser und rechts weites Ackerland. Etwa 300 Meter auf der linken Seite befand sich das mit roten Klinkern und roten Dachpfannen gedeckte Haus von Onkel Hans. Eine niedrige Buchsbaumhecke in doppelter Reihe begrenzte das Grundstück zum Weg. Dazwischen war ebenfalls ein Graben. Man ging über einen schmalen Holzsteg, unter einem Rosenbogen hindurch, durch eine weiße halbhohe Gattertür seitlich am Gebäude vorbei, bis man von hinten am Haus die Haustür erreichte. Stallgebäude säumten den staubigen Hof. Dahinter wieder nur Gegend. Hier wohnte also Onkel Hans mit seiner Trudel und den 13 Kindern am letzten Ende der Welt. Er war Papas jüngster Bruder und Bürgermeister von Manslagt.

Wir waren uns fremd, dementsprechend fiel die Begrüßung aus. Nur die beiden Brüder begegneten sich herzlicher. Ich bemerkte, dass unser altes Haus in Neumünster schon reichlich gewöhnungsbedürftig war. Aber das hier? Es war noch nicht so alt, aber doch sehr verwohnt. Hier fehlte Farbe und Kreativität. Große Küche, Terrazzoboden, kleines Bad, Terrazzoboden, großes Wohnzimmer, Holzfußboden mit großem Tisch, Schlafzimmer, schmaler Flur mit steiler Treppe. Oben ein riesiger Raum über die ganze Fläche. Balken und Stützen hielten das Dach. Alle Dachpfannen waren sichtbar. Es war von innen nicht verkleidet. Hier standen mindestens zehn Betten, kleine und große in unterschiedlichen Farben und Formen. Die kleineren Betten hatten rings herum ein Gatter. Meine Schwestern und ich mussten sich jeweils ein Bett mit einer Cousine teilen. Es war viel zu schmal für zwei, auch viel zu kurz. Es gab auch jeweils nur eine Zudecke. Das konnte ja heiter werden. Mein geteiltes Bett hatte wenigstens ein Gitter, so dass ich nicht hinausfallen konnte. Aber ich musste nicht mit meiner Zwillingsschwester zusammen in einem Bett schlafen. Da war mir die Cousine lieber. Unsere Eltern schliefen unten mit in den Ehebetten. Gewaschen wurde sich in der Waschküche, wo ein großer Waschbottich mit Waschbrett stand, Handmangel, Waschbecken an der Wand, Zinkbadewanne. Kaltes Wasser. Baden oder Duschen konnte man in der Woche nicht. Dafür wurde am Wochenende unter dem Waschbottich das Wasser erwärmt und mit einem Emailleeimer in die Wanne gefüllt.

Alle Kinder nacheinander in dasselbe Wasser. Anschließend die Eltern. Dann sei das Wasser von der verbrauchten Kernseife schön weich. Ich meinte: „Aber dann schwimmt doch auch ganz schön viel „Käse" oben auf dem Wasser, oder?" Das kam gar nicht gut an. Papa machten sie den Vorwurf, er sei keiner mehr von ihnen. Er sei ein eingebildeter Städter und seine Kinder auch. Papa stand da mit den Händen tief in den Hosentaschen vergraben, die Schultern leicht nach oben gezogen und grinste übers ganze Gesicht. Er liebte es, ein Städter genannt zu werden.

Bei der Vorbereitung der täglichen Mahlzeiten, wo alle mithelfen mussten, gab es viel zu erzählen. Wir lernten uns langsam richtig kennen und hatten viel Spaß miteinander. Auch tauschten wir Kochrezepte aus. Es waren meistens einfache Rezepte für Salate, Suppen und verschiedene gestampfte Speisen wie für Rüben, Kohl und Wurzeln. Im Dorf gab es kaum Abwechselung. Wir besuchten den Friedhof mit den Gräbern der Familien und sahen unseren Nachnamen dort auf etlichen Grabsteinen. Für uns unbekannte Verwandtschaft. Dennoch Aufschriften mit spannenden, fremdklingenden Vornamen: Cornilius Wils Bonnen, der Urgroßvater, Urgroßmutter Rinske, dann Albert Wilken Bonnen, Siebentje, Wilke Harms, Harm Wilke, Greetje, Reinolde, Jan Heyen, Rikus, Karsjen. Unser Vater hieß Harm Wilke Bonne - mit Vornamen. Die Vornamen wiederholten sich ständig, nur in veränderter Reihenfolge oder durch Fortlassen eines Buchstabens.

Die Dorfkneipe war abends stets voll. Wir Zwillinge und ein paar von den Cousins und Cousinen machten uns auf den Weg in die Dorfmitte. Alle hatten sich landfein gemacht. Wir Mädchen mit Hackenschuhen. Da war der Krug. Dunkel und verraucht. Ich war unheimlich gespannt, was mich dort erwartete. Viele junge Burschen hingen am Tresen herum, einige saßen auch an den Tischen. Sie waren blondgelockt, breitschultrig, braungebrannt und alle sprachen ostfriesisch platt. Einer sagte gleich: „Ihr seid nicht von hier. Sonst würde ich euch kennen. Ich kenne alle hier. Außerdem sprecht ihr hochdeutsch." Wir verrieten unsere Herkunft nicht, antworteten nur, dass wir auf Besuch seien. Es war verwunderlich, dass man hier im Dorf nichts von uns wusste. War man hier verschwiegen? Im Gegensatz zu meiner Verwandtschaft zu Hause. Es wurde noch ein richtig netter Abend mit den Burschen, da wir uns alle auf Anhieb verstanden. Irgendwann kam die Sprache auf unsere Herkunft. Wir stellten uns vor, was ein schallendes Lachen zur Antwort hatte. Alle hatten denselben Nachnamen. Cousin und Cousinen waren wir. Das ganz Dorf die reine Inzucht. In den übrigen umliegenden Dörfern wohnten auch überall einige Ableger von den Großeltern. Schließlich hatten die 16 Kinder großgezogen.

Ausflüge nach Greetsiel, an den Deich, ins Watt und auf Wiesen, wo die Schafe grasten, waren nicht der Hit. Das Wetter war aber die ganze Zeit über schön, so dass die Nordsee bei Flut getestet werden konnte. Das Watt an der Ostfriesenküste war klitschig und das Meer glitzerte im strahlenden Sonnenlicht leicht Perlmutt und rosig grau schimmernd. Die Möwen kreischten und versuchten, unser mitgebrachtes Brot zu entreißen. Das hatte ich bis dahin noch nicht erlebt. Wann war ich schon mal an der Küste? Die schönen Fischerhäuser entlang des Hafens, die Krabbenkutter und das bunte Treiben am Kai, wenn die Krabben gebrüht, ausgeladen und verkauft wurden, gestalteten die Familienausflüge erträglich. Und überall kreischende Möwen über uns. Mit den weißen Hosen und Schuhen musste ich mich vorsehen, denn wir wollten alle noch weiter nach Bielefeld reisen. Nach neun Tagen mit verschobenen Rückenwirbeln und schmuddeligem Gefühl, verabschiedeten wir uns. Emden - Osnabrück - Bielefeld – wir kommen. Alle hatten sich wieder stadtfein gemacht. Pumps und Perlons, Rock und Bluse, kurzärmelig. Die Sonne brannte. Papa im grauen Anzug, grauen Schuhen, weißem Hemd, Krawatte, Hosenträger. Mutti im engen Rock, Überrockbluse weiß mit Kragen und kurzem Ärmel, helle bequeme Schuhe und leichte Jacke. Die Kleine im luftigen Kleidchen, weiße Socken und Schuhe.

Vom Bahnhof Bielefeld aus mit Straßenbahn und Bus erreichten wir die Sennestadt, wo Papas Lieblingsschwester Berendine mit ihrer Familie lebte. Da war Onkel Kurt, zwei Meter groß, 25 Jahre älter als seine Frau, Sohn Hugo, Karl-Heinz und Tochter Helga. Sie wohnten wunderschön mitten im Wald. Karl-Heinz und ich verstanden uns auf Anhieb. Er war ein blonder Hüne, auch über zwei Meter groß und unheimlich kumpelig. Mehrere Verwandte, wie Bruder Karsjen und Albert wohnten direkt in Bielefeld. In den Bodelschwinghschen Anstalten arbeiteten Kurt und Dini und auch eine ältere Schwester von Papa Siebentje, genannt Siemsche. Sie war Diakonissin.

Die Außenanlagen dieser Einrichtung wirkten bombastisch. Hohe Bäume, interessante blühende Büsche, große Rasenflächen umsäumt von üppigen Blumenrabatten, Sandwege, Bänke. Die riesige Einrichtung, zweigeschossig, verwinkelt mit vielen Erkern, Rundbogenfenster und im Ganzen ziemlich düster. Im Kellergeschoss die Wirtschaftsräume. Im Gebäude viel dunkles Holz und auch lichtarm. Wir konnten dort übernachten und duschen. Das war das Schönste seit Tagen. Mir war es nicht geheuer. Ich hatte in der Schule für diese Anstalten Briefmarken sammeln müssen, damit die Behinderten was zu tun hatten. Man wusste inzwischen, dass dort merkwürdiges Verhalten der Betreuer üblich war. So lobenswert, wie man zur Schulzeit uns vermittelt hatte, war es dort bestimmt nicht. Vor jeder Malzeit wurde gebetet. Am nächsten Tag suchten wir mit der Straßenbahn den Bruder Albert und seine Familie auf. Albert sah unserem Vater ziemlich ähnlich, während Onkel Hans aus Manslagt mehr ein volles ovales Gesicht hatte, wie fast alle Schwestern der beiden. Wir wurden freundlich begrüßt, auch von „Ostermann", der bei ihnen lebte. Ostermann war der geheimnisvolle Dritte in der Ehe. Ein Überbleibsel aus Kriegstagen? Man munkelte viel.

Beim Kaffeetrinken fasste der Bruder von Papa plötzlich mir ans nackte Knie und tätschelte es. Ich machte gleich eine abwehrende Handbewegung, die ihn zurückschrecken ließ. Papa stand auf, schubste seinen Stuhl zurück und verkündete laut: „Wir gehen!" Er dirigierte seine Familie nach draußen und schloss hinter sich die Eingangstür. Ein heftiges Wortgefecht entwickelte sich zwischen den beiden Brüdern. Papa öffnete die Tür von innen und kam nach draußen mit den Worten an seinen Bruder: „Es ist alles gesagt!" Vor dem Haus zündete er sich eine Zigarette an. Er pumpte wie ein Maikäfer. Ich war stolz auf meinen Vater. Er hatte meine Ehre verteidigt. Wir waren nie wieder dort.

Noch nicht erwachsen

Es kam der Herbst der Erkenntnisse. Roberta und ich hatten im Frühjahr einen Ausbildungsplatz bei einem Rechtsanwalt und Notar. Ich auf dem Großflecken und meine Schwester in der Rendsburger Straße. Im Herbst feierten wir unseren 17. Geburtstag. Eigentlich gab es für uns keinen Grund für ein gemeinsames Fest. Wir hatten uns schon lange tief voneinander entfernt, ohne, dass wir uns jemals nah gewesen waren. Die Beziehung beruhte auf einer Zweck- und Zwangsgemeinschaft. Weil wir Zwillinge waren, wünschte unsere Mutter uns als Einheit. Wir hatten uns nie richtig verstanden. Der Konkurrenzkampf zwischen uns beiden war zu groß. Man gab uns nie die Gelegenheit, eine eigene Persönlichkeit zu entwickeln. Wir mussten stets deckungsgleich funktionieren. Wir hatten sittsame und höfliche Zwillinge zu sein. Doch wie es drinnen aussah, wusste niemand. Ich habe immer geschwiegen. Warum eigentlich? Angst vor den Eltern? Wie wäre es wohl gewesen, hätte ich ständig gepetzt? Vielleicht alles anders und besser oder wären wir mit dem Rohrstock gezüchtigt worden, wie zevom Lehrer in der Schule? Aus diesen Zwangsjahren hatte sich Ablehnung, Ekel, Abscheu entwickelt. Verlogenes Verhalten, um die Eltern nicht zu verärgern. Ich konnte mit meiner Schwester nie über Probleme reden, oder mich ihr anvertrauen, wenn ich Kummer hatte. Meist antwortete sie in einem überheblichen Ton und spielte sich als Moralapostel auf. So wirkte es jedenfalls auf mich. Egal was ich wollte oder machte, es war falsch. Nie eine nette Geste von ihr, nie eine Anerkennung oder eine Bewunderung für das, was ich tat. Sie belächelte mich nur. Nach meiner Meinung war sie nicht fähig und in der Lage, sich in andere hinein zu versetzen. Ich erntete höchsten Gelächter oder Hohn von ihr. Das Verhalten meiner Mutter, mich zu übersehen oder gleichzuschalten, hat das Gefühl noch verstärkt. Meine Eltern wollten von diesem schlechten Verhältnis nichts wissen. Unsere kleine Schwester wurde zum Puffer zwischen uns, sie stand ständig dazwischen. Roberta benutzte sie, um von zu Hause wegzukommen. Sie traf sich mit einem Liebhaber und ließ die Kleine dann in der Landschaft im hohen Gras stehen und entfernte sich noch dazu mit ihm in einem Auto. Ingrid war eine Petze und das zu Recht. Sie war elf Jahre alt, hatte Angst und fühlte sich verlassen. Es gab regelmäßig Ärger, den ich dann mit ausbaden musste. Kollektivstrafe. Im Notfall waren wir immer beide schuld. Ich schwieg. Meine Wutausbrüche kamen immer erst dann, wenn wir allein waren. Einmal bin ich fast mit einem Küchenstuhl auf Roberta losgegangen, als sie Ingrid schlagen wollte, weil die wieder gepetzt hatte. Ich konnte mich noch zurückhalten. Ich hätte sie sonst erschlagen. Ingrid hat das nie richtig begriffen. Sie trottete trotzdem hinter meiner Schwester her, wenn die es wollte.

Zu meiner Freundin Uschi hatte ich nach der Schule ein wenig den Kontakt verloren. Sie waren umgezogen in eine richtige Wohnung mit Küche und Bad in einem modernen Wohnblock auf dem Exer. Zu Fuß ungefähr 40 Minuten entfernt. Es war einfach zu weit weg. Außerdem schlug sie die Beamtenlaufbahn ein und war den ganzen Tag nicht zu erreichen.

Ich erhielt nach einer Betriebsfeier von einem jungen Kollegen auf dem Nachhauseweg einen sehr matschigen Kuss. Das hat mich so angeekelt, weil mir da der lüsterne Rinsteincasanova meiner Schwester vor Augen kam. Dieser Kuss war lange Zeit für mich der Erste und der Letzte gewesen. Der junge Mann hinterließ bei mir keinen schönen bleibenden Eindruck. Bloß nicht noch einmal, dachte ich. Durch das Vorleben meiner Schwester war ich der Auffassung, dass Männer was Schlechtes oder Schlimmes seien und auch Verbotenes.

Ich wurde von einem Chef nachhaltig geprägt. Er merkte mir mein verklemmtes Verhalten an. Ich hatte wenig Selbstvertrauen, sondern orientierte mich immer an zu Hause. „Das Leben findet draußen statt.", ermahnte er mich. „Es gibt viel zu erleben, zu erforschen und zu erobern. Hole es dir!" Ich erlebte viel während meiner Ausbildungszeit. Ich weiß noch genau, als mein Chef Max Schmeling ankündigte, der die Holstenbrauerei übernehmen wollte. Bei uns im Büro wurde schon seit Tagen der Vertrag vorbereitet, mehrfach vorgelesen, damit keine Überraschungen auftreten konnten. Wir Mädchen und Frauen hatten uns nach allen Regeln der Kunst fein gemacht. Ordentlich im Kostüm und die Herren in Anzügen. Ich führte vierteljährlich abends Protokoll bei Verlosungen der Volksbank, wohin mein Chef mich immer mitnahm. Saß neben ihm bei Strafverhandlungen im Gericht, schrieb Protokolle bei Verhandlungen von großen Kaufverträgen und Vorbereitungen für Eheverträge. Ich war bewandert in Stenographie und wurde oftmals zu Verhandlungen dazu gebeten. Das alles fühlte sich für mich toll an. Ich gewann an Selbstvertrauen.

Zu Hause fühlte ich mich dagegen zusehends unwohler. Oma nahm grundsätzlich ihr Gebiss vor dem Essen aus dem Mund, wickelte es in ein Taschentuch und steckte es in ihre Kittelschürze. Ihre Lippen fielen nach innen. Es war schrecklich. Bevor sie sich am Tisch ein zweites Mal bediente, sagte sie immer: „Dörf ik noch watt?" Papa: „Nee!" Mutti musste es dann wieder gerade biegen und sagen: „Das war ein Witz." Die Mahlzeiten liefen immer gleich ab: „Sitz gerade, führ den Löffel richtig, man spricht nicht mit vollem Mund, hast du kein Taschentuch? Rede nicht so viel. Warum sagst du heute nichts? Kinder haben zu schweigen, wenn Erwachsene sich unterhalten. Wie war es in der Schule? Wie war es im Büro? Nachher müsst ihr noch die Hühner füttern. Unkraut muss auch noch gezogen werden. Wer kauft ein? Oma will morgen nach Ehndorf." Hier konnte es auf Dauer nicht die Erfüllung sein. Ich wollte die Welt erobern, eine kleine Welt, aber meine. Ich wollte alles aus eigener Kraft schaffen. Nicht auf Kosten anderer oder durch ständige Belehrungen. Jeder in der Familie meinte, alles besser zu wissen. Kein Vertrauen, kein Zutrauen, keine Stütze, auf niemanden konnte ich bauen. Ich wollte meinen eigenen Weg selbst finden und mich nicht durch andere aufhalten oder ausbremsen lassen. Schon gar nicht von den Schwestern. Zuhören, beobachten und daraus lernen. Eine liebe Kollegin sagte mir mal in jungen Jahren: „Gebe dich niemals zufrieden, mache mehr aus allem. Denn Zufriedenheit ist Stillstand, und Stillstand ist Rückgang." Das habe ich mir zu Herzen genommen.

Männer

Ich wollte weiter kommen. Ich lernte viel und hatte Spaß an meiner Ausbildung. In der Berufsschule war ich beliebt. Roberta sonderte sich dagegen ab. Sie war mehr mit ihrem Liebesleben beschäftigt. Ihre Männerwahl erschreckte und erstaunte mich gleichermaßen. Ihr Auserwählter war bedeutend älter, sah nicht gut aus und wirkte sehr ungepflegt. Er parkte oft in der Nähe mit einem stinkigen Heizöltankwagen mit laufendem Motor und wartete ungeduldig. Meine Schwester war so eine hübsche Frau. Warum sie sich an diesen schlimmen Typen band, war mir ein völliges Rätsel. War es Sucht nach Anerkennung, nach Liebe, Abenteuerlust? Unsere Eltern durften davon nichts erfahren. Also musste ich wieder Ausreden erfinden. Das Schlimmste war, das wir wieder mal verwechselt wurden und Bekannte mich fragten, warum ich so einen grässlichen Kerl mit schlechtem Ruf ausgesucht hatte. Das tat weh. Oft hängte man mir Dinge an, die ich überhaupt nicht begangen hatte. Das erlebte ich auch Zuhause mit meinen Eltern. Erhielt dafür Prügel, laute Beschimpfungen und Stubenarrest. Ich kleidete mich schon immer völlig anders und änderte auch meine Frisur, aber trotzdem machte man sich nicht die Mühe, uns auseinander zu halten. Wenn einer von uns etwas gemacht hatte, waren wir es beide. Der Fluch, ein Zwilling zu sein! Wenn meine Schwester ein Vorbild wäre, hätte ich sie bewundern können. Aber so kamen wir nicht zusammen.

Eine gute Ausbildung, Geld verdienen, Anerkennung erhalten, das Leben nach meinen Vorstellungen gestalten, das waren meine größten und sehnlichsten Wünsche. Das sollte kein Mann und schon gar nicht meine Schwester für mich bestimmen. Roberta benutzte mich und auch unsere kleine Schwester für ihre Alibis in ihrem Liebesleben. Das war belastend. Wir Zwillinge mussten abends zusammen ausgehen, ins Kino oder zum Tanzen und wenn Roberta heimlich verschwand, musste ich so lange vor dem Haus warten, bis sie kam. Die Situation war beängstigend. Es war überall in den Straßen dunkel. Auf unserem Hof brannte kein Licht und dahinter waren die dunklen Gärten. Aus den Ställen kamen die unheimlichen Geräusche der Haustiere. Manchmal strich eine Katze mir um die Beine. Es war der Horror. Ich durfte auch keinen Lärm machen, dann hätte unser italienischer Gockel mich angekündigt. Er krähte auch nachts, wenn er Geräusche hörte. Das hätte meinen Vater auf den Plan gerufen. Wenn es regnete, drückte ich mich fest an die Hauswand. Nass wurde ich trotzdem. Roberta machte sich keinen Kopf darum, dass ich allein nachts im Dunkeln ums Haus schleichen musste. Oftmals über Stunden. Ob ich nun Angst hatte oder nass wurde. Manchmal, wenn es zu spät wurde, kam Papa aus der Haustür und ging die Straße entlang in Richtung Stadt. Er war unruhig und machte sich Sorgen. Ich musste mich unsichtbar machen, und wagte kaum zu atmen. Er hat Roberta nie angetroffen mit irgendeinem Kerl. Das hätte wohl das Ende des Ausgehens bedeutet, auch für mich. Manchmal wünschte ich das mir in meiner Not sogar. Wenn sie dann endlich kam, musste ich noch vorangehen. Sie kam mal mit der Ausrede, ihr wäre der Strumpfhalter abgerissen und sie musste den Strumpf beim Gehen krampfhaft festhalten, damit er nicht rutschen könnte. Und das hätte so viel Zeit beansprucht. Wir bekamen grundsätzlich eine Uhrzeit mit, wann wir Zuhause sein mussten. Immer wurde es durch Verschulden von Roberta später. Die erste Wucht von Papas Wut bekam meist ich ab. Ich stand es durch. Schließlich musste ich meine Zwillingsschwester decken. Sie konnte sich eben auf mich verlassen, daran zweifelte sie nie.

Tatort Waschküche

Ein großes Drama für unsere Generation war das Thema Verhütung. Wir wurden nicht aufgeklärt, man schämte sich. Wir träumten von der Liebe, aber was das bedeutete, wussten wir nicht. Wir hatten romantische Vorstellungen, aber bei einigen Freundinnen und Bekannten endeten die mangelnde Erfahrung und die fehlende Verhütung in einem Desaster. Es war die Zeit der Engelmacherinnen, der Stricknadeln, der gruseligen Abtreibungs-Methoden, bei denen Frauen und Föten gleichermaßen gefährdet waren. Einige endeten tödlich. Ich erlebte im nächsten Umfeld, in welchen persönlichen Katastrophen diese „Unfälle" endeten. MeinmVerhältnis zu Männern und zur Liebe prägte das nachhaltig. Ich erinnere mich an ein besonders schreckliches Erlebnis. Es war eine Freundin und ich wollte ihr beistehen, ahnte aber nicht, was das mit meiner Seele machte.

Ich nannte ihn den Sommer der Albträume. Meine Bekannte war aufgelöst. Ihre Regel blieb aus und Panik machte sich breit. Das Verhängnis nahm seinen Lauf. Sie hatte gelesen, dass man unerwünschte Kinder mit der Stricknadel abtreiben könne. Deshalb badete sie ihren Unterleib lange in heißem Seifenwasser in der Waschküche in einer Bütt. Ich stand mit klopfendem Herzen, verrückt vor Angst Schmiere draußen vor der

Tür. Ich hatte Herzrasen und panische Angst. Nach dem Bad sprang sie anschließend mehrfach von Tisch und Stuhl. Das sollte auch helfen. Außerdem besorgte ihr der Freund Chinin Tabletten. Sie nahm sie in Überdosis ein, bis sie Sehstörungen bekam. Das sollte allerdings nicht der einzige Versuch bleiben. Trotz der grauseligen Erfahrung, lernte sie nichts aus diesem Vorfall. Die Abtreibungsversuche wiederholten sich. Es gelang ihr mehrmals, sich der Frucht zu entledigen. Sie brachte sich jedes Mal in Lebensgefahr. Begleiterscheinungen wie Gleichgewichtsstörungen und Übelkeit nahm sie in Kauf. Ich hatte Bauchschmerzen und mir war furchtbar elend zumute, wenn ich daran dachte. Für mich war es eine große Belastung. Gerüchte machten die Runde. Die Nachbarschaft tratschte. Als ich dachte, dass es nicht schlimmer kommen könnte, stellte meine Mutter mir eine folgenschwere Frage: „Wusstest du davon? Bist du auch so eine?" Das war für mich wie ein Schlag in die Magengrube und hat mich zutiefst gekränkt. Mehr konnte keiner mich beleidigen. „Ich bin nicht so eine und werde es auch nie werden. Ich bin noch Jungfrau!" Mein Selbstwertgefühl rauschte weiter in den Keller. Diese Zeit wirkte sich auch auf meine Erfahrungen mit Männern aus und führten später auch zu einer ersten, unglücklichen Ehe. Erst mit der zweiten Heirat konnte ich zu einer glücklicheren Frau werden. Doch dazu später.

Der liebe Gott sieht alles

Ich selbst hatte einige nicht ernstzunehmende Tanzpartner und Bekannte aus der Berufsschule und meiner Arbeit. Einen netten jungen Mann lernte ich im gemeinsamen Urlaub mit meiner Schwester innerhalb einer Jugendreisegruppe im Tessin kennen. Ascona am Lago Maggiore. Er und ich unzertrennlich und auch noch einige Wochen nach unseren Ferien. Körperlich war nichts, er war viel kleiner und jünger als ich. Er war nur nett und ich war schüchtern. Roberta ließ sich von einem Inder begleiten, Sunil Kumar Saka „der Dauerschäumer". Er war der Kofferträger seines indischen Freundes, der wohl eine Kaste höher war als er. Dieser reiste auch mit. Es war das erste Mal, dass wir beide zusammen allein verreisten. Wir gingen meistens getrennte Wege. Es reichte schon, dass wir mit noch anderen in einem Zimmer zusammen schliefen. Eine Jugendgruppe, gesponsert von der Kirche. Anfangs sah es noch nicht so aus, dass aus der Fahrt etwas werden sollte. Denn 1964 war das Jahr der Abschlussprüfung der Lehre beim Anwalt. Wir beide legten uns ordentlich ins Zeug, um gut vorbereitet in die Prüfung beim Landgericht in Kiel zu gehen. Drei Tage waren angesetzt, schriftliche und mündliche Tests. Am Bahnhofskiosk kaufte ich mir einen Kräuterschnaps gegen meine nervösen Magenschmerzen und hoffte auf Besserung. Für mich entpuppte sich die Prüfung als nicht sonderlich schwierig.

Mahn- und Zwangsvollstreckungsverfahren, Strafrecht, Zivilrecht, Ehescheidung, Erbrecht, wenig Notariat. Roberta schwitzte. Sie konnte nicht alles beantworten. Bei der mündlichen Prüfung saßen wir nebeneinander mit mehreren in einer Reihe vor dem Richtertisch. Vor uns erhöht saßen ein Richter, ein Rechtsanwalt, ein Bürovorsteher und eine Rechtspflegerin. Die Fragen kamen gezielt und brutal. Wenn nicht gleich richtig beantwortet und der dazugehörige Paragraph genannte wurde, galt die Frage als nicht beantwortet. Ganz gegen meine Gewohnheit, traute ich mich sogar, Widerworte zu geben. „Ich weiß es genau! Die Frage ist von mir richtig beantwortet worden, nur der Paragraph fällt mir im Moment nicht ein. Im Büro sieht der Chef auch im Gesetzbuch oder in der Verordnung nach, um ganz sicher zu gehen. Ich weiß, wo ich suchen muss und wo es steht! Richter tun das in Verhandlungen doch auch." Von den Herrschaften keine Reaktion darauf. Der dritte Tag war der Tag der Wahrheit. Ich hatte bestanden. Roberta, die Erstgeborene, die Hochgelobte dagegen war durchgefallen!

Das konnte nicht sein. Sie wehrte sich mit Fluchen, Beschimpfungen und Heulen. Auf der Rückfahrt mit dem Zug nach Hause erklärte sie allen, man habe sie mit ihrer Zwillingsschwester verwechselt. Sie sagte es so oft, dass sie es selbst schon glaubte. Zu Hause angekommen, schleppte sie mich mit zu ihrem Chef. Sie wollte es ihm nicht allein gestehen. In der Privatwohnung, die über dem Büro lag, gab es erst einmal für alle Alkohol. Ich fühlte mich nicht wohl dort. Die Atmosphäre war eigenartig. Der Chef unangenehm. Roberta heulte viel und sprach wieder von Verwechselung. „Ach, deswegen brauchte sie mich." dachte ich. Ich riet zum Aufbruch. Wir machten uns eiligst auf den Nachhauseweg. Die Eltern würden bestimmt schon warten. Ich nahm alles ziemlich gelassen, mit einem Lächeln im Gesicht. Ich war innerlich total stolz auf mich, ließ es mir aber – wie immer - meiner Schwester gegenüber nicht anmerken. Zuhause ging der ganze Zirkus von vorne los. Papa und Mutti schauten bedrückt. Damit hatte niemand gerechnet. Roberta wieder mit der Verwechselungstheorie. „Wenn sie es braucht", dachte ich. „Mir tut sie damit nicht weh. Ich habe bestanden!" Wir bekamen beide eine Armbanduhr geschenkt. Die erste in meinem Leben. Roberta holte ein halbes Jahr später ihre Prüfung nach. Sie bestand, aber der junge Kollege aus einer anderen Kanzlei war viel interessanter, mit dem sie nach der Prüfung den Rest des Tages verbrachte. Die Männer in ihrem Leben waren immer wichtiger. Weil Roberta von ihrer Ausbildungsstelle nicht übernommen wurde, vermittelte ich ihr eine Anstellung bei meinem Chef. Ich selbst hatte mich schon anderweitig beworben, wo es mehr Geld gab. Ich bekam eine Zusage. Roberta blieb dort nur die drei Monate Probezeit.

Vergaloppiert

Anfang der 60er war es Mode, auf Brieffreundschaften zu schreiben in Zeitungsanzeigen. Für mich wurde eine dieser Freundschaften zu einem besonderen Abenteuer in meinem Leben. Ich hatte einen hartnäckigen Briefpartner, der zeitweise in Afrika auf Montage war. Als ich eines Abends vom Büro nach Hause kam, stand der junge Mann plötzlich vor der Tür. Er wohnte am Bahnhof in Krögers Hotel und suchte mich einfach auf. Er war ein hagerer Typ mit einer Brandnarbe auf einer Seite im Gesicht. Von der anderen Seite sah er gut aus. Er war nett. Wir gingen ein paar Mal miteinander aus und ich schüttete ihm mein Herz aus, was man so als Zwilling durchzustehen hat. Ich musste mit jemand darüber reden, denn zu Hause und im Büro hatte ich niemanden. Wie schlecht es mir seelisch ging, wurde mir auch durch die Gespräche viel klarer. Ich war verzweifelt und wollte der häuslichen Situation mit Roberta und den Eltern entfliehen. Bei einem gemeinsamen Treffen in einem Lokal, entschloss ich mich mit dem Brieffreund abzuhauen. Er brachte mich mit dem Auto nach Hause und wartete draußen. Im Haus angekommen tat ich entsetzt und gab vor, meine Jacke vergessen zu haben. Ich schnappte mir meinen Personalausweis, stopfte noch ein paar wichtige Dinge in die Jackentasche und dann bloß weg. Wir fuhren mit dem alten Pkw in Richtung Süddeutschland. In der Nähe von Hildesheim suchten wir uns eine Unterkunft, denn wir waren beide müde. Nach dem ersten Adrenalinschub machte sich allerdings große Angst breit. Schlafen konnten wir beide vor Aufregung nicht. Wir hatten auch nichts miteinander. Trotz meiner fast 21 Jahre war ich noch Jungfrau.

Nach der unruhigen Nacht verließen wir ohne Frühstück das Hotel. Wir fuhren in Richtung Baden-Württemberg zu seiner Mutter nach Ringsheim. Sie nahm mich freundlich auf in ihrem kleinen einfachen Haus. Seine Schwester und ihr Mann waren auch da. Doch die Geschichte nahm plötzlich eine noch viel dramatischere Wendung. Mein Gefährte klagte über stechende Schmerzen. Noch am selben Tag kam er ins Krankenhaus nach Herbolzheim mit akuten Nierenbeschwerden. Da ich mit ihm im Krankenwagen hingefahren war, musste ich wieder zurück nach Ringsheim. Kurzerhand fuhr ich per Anhalter, denn ich hatte kaum Geld in der Tasche.

Ich war verzweifelt, ängstlich und überfordert. Ich schrieb einen Brief nach Hause, dass es mir gut ging mit Absender. Insgeheim wollte ich, dass man mich aufforderte, zurückzukommen. Irgendwie war das Ganze nicht richtig, das fühlte ich. Seit meiner überstürzten Flucht von Zuhause konnte ich nichts mehr essen. Ich hatte ein Völlegefühl bis zum Hals, Druck auf dem Magen und Atemnot, ein totales Angst- und Beklemmungsgefühl. Nicht einmal Flüssigkeit konnte ich aufnehmen. Ich besuchte meinen Freund mit Hilfe des Schwagers fast jeden Tag. Eines Tages als ich zurückkam war mein Vater da.

Überraschenderweise machte er mir keine Vorwürfe. Er meinte nur, „Was willst du noch hier, wenn dein Freund für längere Zeit im Krankenhaus bleiben muss? Komm mit nach Hause. Du musst auch wieder arbeiten." Er hatte Recht. Wir ließen uns mit einem Taxi zum Bahnhof fahren und nahmen den Nachtzug nach Neumünster. Ich war unendlich erleichtert und erkannte, wie mich dieses Abenteuer belastet hatte. Die Zugfahrt war die schönste Zeit, die ich mit meinem Vater hatte. Wir redeten die ganze Nacht und ich erzählte ihm alles. Über

Roberta, die Lügen, was mich bewegte und was sich ändern sollte. Er sollte Mutti keine Vorwürfe machen, denn sie saß genauso in der Zwickmühle wie ich auch. Wir hatten eine Despotin im Haus, nach der wir alle tanzen mussten. „Papa, bitte mach dem Ganzen mal ein Ende. So kann ich nicht mehr leben. Bitte, denkt darüber nach, dass wir drei verschiedene Menschen sind und alle drei eine andere Auffassung der Dinge haben und auch andere Zukunftswünsche. Ich will in Zukunft allein mit meinen Freundinnen unterwegs sein. Nicht immer die Zwillingsschwester im Schlepptau." Ich fügte mit Nachdruck hinzu: „Ich kann sie nicht mehr ertragen! Sie ist mir zuwider!" Er hörte mir die ganze Zeit aufmerksam zu. Er ließ sich nichts anmerken; kein Verwundern oder Erstaunen über das Gehörte. Ich fühlte mich in diesem Moment ihm so nah, weil ich merkte, dass ich in ähnlicher Situation wortlos und ohne Reaktion reagierte. Papa und ich waren Kopfmenschen. Abwarten, andere ausreden lassen, überlegen. Er bestärkte mich dadurch in meinen deutlichen Ausführungen. Es musste alles auf den Tisch.

Als wir gegen Morgen den Bahnhof von Neumünster erreichten, hatte ich ein gutes Gefühl. Aber ich wurde schnell auf den Boden zurückgebracht. Zuhause angekommen, hat sich niemand gefreut, mich zu sehen. Keiner hat mich in die Arme genommen. Hatte man mich überhaupt vermisst? In diesem Moment konnte ich nichts davon spüren. Das war also mein Zuhause. Von meinen Schwestern wurde ich argwöhnisch beäugt. Sie schüttelten den Kopf und mieden mich. Keine von ihnen hatte verstanden. Ich fühlte mich wie ausgestoßen. In mir machte sich wieder Wut breit. Ich musste hier weg. Hier war es nur kalt. Papa ließ sich nicht anmerken, dass er nun Bescheid wusste. Er beobachtete alles ein wenig genauer. Roberta machte weiter wie bisher. Meine Arbeitsstelle bei einer Baugenossenschaft hatte ich verloren, weil ich unentschuldigt weggeblieben war. Ich fand es nicht schlimm, denn sexuelle Übergriffe und Anzüglichkeiten waren an der Tagesordnung.

Ich suchte mir in Kiel einen neuen Arbeitsplatz und fing beim Landesbauamt in Kiel als Verwaltungsangestellte an. Meinem Vater musste ich den Arbeitsausfall und die Reisekosten erstatten. Es waren über 400 Mark. Die kommenden Monate konnte ich mir gerade die Bahnkarte leisten. Die Dienststelle war sehr interessant. Es wurden öffentliche Bauten betreut. Die

Kollegen und Kolleginnen waren herzlich. Die beiden Chefs – Oberbauräte – konsequent aber gerecht, und sahen auch noch gut aus. Interessante Erscheinungen. Erst saß ich im Schreibzimmer, wo ich Angebote und anderes zu schreiben hatte. Dann wurde ich ins Vorzimmer versetzt und musste Gäste und Bauherren bei Sitzungen betreuen und bewirten. Auch fuhr ich mit den Chefs auf Baustellen im Karman Ghia. Zeitweise verrichtete ich meinen Dienst auch in der Bauleitung bei der Universität in der Olshausenstraße. Nahm auch an Richtfesten teil und kam oftmals mit kleinen Geschenken nach Hause.

In der Dienststelle lernte ich meine Freundin Ingrid kennen. Sie war fünf Jahre älter als ich, hatte strahlend blaue Augen, schwarzes volles Haar, einen sehr weiblichen Körper und eine interessante Stimme. Sie war etwas kleiner als ich. Ich dagegen 1,70 m groß, schlank. Wir gingen viel miteinander aus, zur Kieler-Woche, Regatta-Begleitfahrten und zum Presseball ins Kieler Schloss. Sie war so frei und selbstbewusst und preschte stets vor, wenn ich noch zögerte. So besorgte sie auch telefonisch Karten für den Presseball und gab sich als Frau von Seidlitz aus. Aufgrund ihrer rauchigen Stimme wirkte sie älter: „Mein guter Mann", sagte sie zu dem Herrn am Telefon, „Hier spricht Frau von Seidlitz. Ich benötige unbedingt für meine beiden Enkeltöchter Karten für den Presseball. Die beiden sind gerade von einem längeren Auslandsaufenthalt zurück und ich möchte ihnen ermöglichen, mein Kiel von der besten Seite kennen zu lernen. Ach, das ist ja entzückend von ihnen. An der Abendkasse, zurückgelegt. Herzlichen Dank und ihnen alles Gute." Es hatte natürlich geklappt. Sie war spitze. Es war eine schöne Zeit, kostete aber auch viel Geld. Es blieb kaum was nach. Das Schlimmste kam aber noch. Meine Eltern hatten Strafanzeige gegen den Freund erstattet, wegen Entführung Minderjähriger. Ich musste aufs Polizeirevier und eine Aussage machen. Da ich aber freiwillig mitgefahren war und bereits fast 21 Jahre alt war, wurde das Verfahren eingestellt.

Gegen den reichlich älteren Freund meiner Zwillingsschwester hatte keiner ein Strafverfahren wegen sexueller Übergriffe auf eine Minderjährige eingeleitet. Das verstand ich nun wirklich nicht. Er hätte Jahre Knast bekommen. Wahrscheinlich wegen der Schande und der Nachbarn. Jetzt war ich dagegen in Verruf geraten. Die ganze Nachbarschaft schluderte über mich.

Meine Freundinnen und auch Wilfriede hielten aber zu mir. Ich hätte Strafanzeige gegen den Aufreißer meiner Schwester stellen sollen. Es waren wiederholte Straftaten. Warum tat ich es nicht? Oberwasser hatte im Moment nur Roberta. Sie war die Sauberfrau. Hätte keiner von meinen Leuten etwas erzählt oder nur, ich sei in Urlaub gefahren, wäre doch alles gut gewesen.

Später hatte ich noch einmal eine spannende Begegnung mit dem Ex-Freund meiner Schwester. Der grässliche Freund kam wegen verschiedener Delikte ins Gefängnis, wo ich in der Aufnahme für Straftäter Dienst schob. Professionell nahm ich seine Personalien auf, ohne mir irgendetwas anmerken zu lassen. Es war für mich nicht einfach, zumal dieser Mensch Horrorgeschichten über mich und meine Schwester gegenüber Gefangenen und Bediensteten verbreitete. Einfach ignorieren, war meine Devise. Ich hatte inzwischen auch genügend inneren Abstand zu dem Ganzen und auch zu meinen Schwestern. Nur nach außen hin tat ich familiär. Nach etlichen Monaten Haft kam dieser Mensch wegen einer unheilbaren Krankheit in Freiheit. Er hatte Hodenkrebs.

Bei meiner Schwester veränderte sich nichts. Es dauerte gar nicht lange, da musste ich wieder mit ihr los. Nach einem weiteren schlimmen Vorfall, bei dem ich seelisch in große Not geriet, reichte es. Ich wollte sie nicht mehr decken und für sie grade stehen. Ich ging auch nicht mehr aus. Bis zum 21. Geburtstag wollte ich warten.

Auf der täglichen Zugfahrt nach Kiel lernte ich einen distinguierten Herrn kennen, der in einem Bekleidungsladen Anzüge verkaufte. Graumeliertes volles Haar, freundliches glattes Gesicht, helle blaue Augen und gut gekleidet, bestes Benehmen. Er führte mich aus. Ich fühlte mich gut. Es fühlte sich richtig an. Der Brieffreund war vergessen. Und wenn auch diese schöne Zeit nicht lange andauern würde, so hätte ich doch eine gute Erinnerung. Es endete drei Tage vor meinem 21. Geburtstag. Von meinem Vater erhielten wir jeder einen Haustürschlüssel. Jetzt konnten wir kommen und gehen, wann wir wollten. Ich wollte nicht mehr. Meistens blieb ich zu Hause. Es reizte mich nicht. Ich konnte endlich über mein Tun ganz allein entscheiden. Ich weiß nicht, wie ich mir überhaupt vorkam. Ich war erwachsen. Roberta lernte durch mich ihren späteren Ehemann Alfred kennen. Dieser fuhr auch täglich nach Kiel mit einem älteren Freund zusammen zu einer Behörde, in der beide tätig waren. Roberta holte mich vom Bahnhof ab und ich stellte ihr meine Zugbegleiter vor. Ich hatte kein Interesse an beiden, aber ich wusste, meiner Schwester würde es egal sein, Hauptsache Mann. Man hatte angeblich den gleichen Weg. So oder ähnlich lernten sie sich kennen. Roberta bestritt das aber später. Aber sie trichterte mir ständig ein, ich solle nichts von ihrer Vergangenheit jemals erwähnen.

Musik fürs Leben

Tanzschule Mäser in der Kaiserstraße gab uns Mädchen und Jungen dieser Zeit das richtige Benehmen an die Hand. Natürlich wurde auch getanzt, mit reichlich Abstand. Wir in Kleidern mit Pettycoat darunter, die Männer in Konfirmationsanzügen. Verklemmt, aber stilvoll. Meine Schwester und ich besuchten zwei verschiedene Kurse. Es herrschte Männerüberschuss. Das Dilemma kam beim Abschlussball. Jede von uns hatte zwei Einladungen von den jungen Herren. Und natürlich nichts anzuziehen. Kein Kleid, keine passenden Schuhe. Ich stand mit meiner Zwillingsschwester auf der anderen Straßenseite gegenüber der Tonhalle, wo der Abschlussball stattfand. Einige traurige Jünglinge mit Blumen in der Hand warteten auf die Auserwählte. Wahrscheinlich ging es vielen jungen Damen so, dass sie nichts anzuziehen hatten oder auch, dass die Eltern keine Zustimmung zu dem Ball gegeben hatten. Denn der sollte bis tief in die Nacht dauern. Wir waren aber noch nicht volljährig. Ich habe wie üblich nachgegeben und getan, was meine Eltern wollten. Aber ich wäre so gern dabei gewesen. Heute ärgere ich mich darüber, nie einen Abschlussball erlebt zu haben.

Ein Instrument habe ich nie gelernt. Da war die Blockflöte, die wir teilen mussten. Ein Albtraum. Ich kann sie bis heute nicht mehr hören. Bei meinen Eltern stand nur das große Löwe Radio mit einem tollen Klang im Wohnzimmer. Es thronte auf einem kompakten Schrank in einer Ecke und erfülle den Raum mit den Capri-Fischern, Marika Rock und Rudolf Schock, Anneliese Rothenberger und anderen.

Nach meinem Urlaub am Lago Maggiore schwärmte ich für Rocco Granata und italienischen Schlagern. Nach Gitte und

Rex Gildo kamen Elvis und Bill Haley. Das hielt aber auch nicht lange an. Nach einem Besuch eines Klassikkonzertes in Neumünster zusammen mit einem Freund hörte ich nur noch Beethoven, Mozart, Ravel, Liszt, Lehar oder Verdi. Bis heute. Natürlich waren auch Schlager und Chansons dabei. Ich kaufte mir fast jeden Monat eine Langspielplatte und hörte diese rauf und runter. Lieder von Hildegard Knef haben mich besonders beeindruckt und sie selbst auch. Ich nähte mir Kleider in ihrem Stil und trug meine Haare ähnlich, nur dunkel. Den Augenaufschlag bekam ich nicht so hin. Harry Belafonte, Marilyn Monroe, My fair Lady, Westside-Story und andere Musicals versüßten mir den Feierabend.

An den Wochenenden besuchten wir Tanzlokale mit Live-Musik, das war üblich in den 60ern. Rock'n Roll und Twist, Foxtrott, Walzer, Cha Cha Cha. Sonntagnachmittag traf ich mich meistens mit meiner Cousine Anneliese und ihrem Freund zum Tanztee in der Reichshalle, abends zum Tanzlokal Stadt Rendsburg, Anfang der Rendsburger Straße auf der rechten Seite. Die Tonhalle mit der Dorettbar, Oberbayern in der Christanstraße, Zur Traube – Lokal vom Boxer Peter Weiland – an der Friedrichstraße, Zum Alten Fritz nach Großbuchwald, Presseball im Kieler Schloss, Kiatchau in Nortorf, Hansahaus, waren für mich die beliebtesten Ziele. Es gab noch angesagte Tanzbars in Kaltenkirchen, Bad Bramstedt und Lübeck. Ich befand mich oft in Begleitung netter junger Männer und Kavaliere, die gut und sicher Auto fuhren und mich auch „unbeschadet" in jeglicher Hinsicht nach Hause brachten.

1966 feierten wir die Konfirmation von Ingrid. Aus Bielefeld kam mein Lieblingscousin Karl Heinz, sein älterer Bruder Hugo und seine Schwester Helga mit ihrem Rolf. Auch waren alle Tanten und Onkel aus Neumünster dabei. Ich trug ein von mir Selbstgeschneidertes, hellblau besticktes Duchesse-Kleid, das ich bei einer von BURDA gesponserten Modenschau selbst vorgeführt hatte und leider nur den 9. Preis erhielt. Aber mitmachen war alles.

Schöne Stoffe fand ich in der Abteilung bei Hertie am Teich und Karstadt an der Christianstraße. Auch das Modestübchen in der gleichen Straße hatte ausgesuchte modische Stoffe. Gekauft habe ich mir selten fertige Garderobe. Ich habe lieber meinen eigenen Stil entwickelt. Für meine Freundinnen und für mich nähte ich raffinierte Wickelkleider mit Bindegürtel, mit denen wir dann die Tanzflächen aufmischten. Ähnliche Kleider trugen kaum junge Mädchen oder Frauen. Mit den Kolleginnen aus dem Büro traf ich mich nach Feierabend bei Café Braker an der Kieler Brücke. Oben auf der überdachten Empore zum Teich gerichtet, konnten wir zu beiden Seiten den Großflecken und den Kuhberg überblicken, um Eindrücke und Anregungen sammeln für neue Garderobe. Oft gesellten sich Bekannte dazu und feierten fröhlich mit uns den Feierabend. Sonntagabend traf man sich bei „Schümann" neben Hertie. Es war ein langgezogenes gediegenes Weinlokal, in dem wir uns den Krabbentoast schmecken ließen. Hier ließ ich gern das Wochenende mit Gleichgesinnten ausklingen. Dort trafen sich stets eine eingeschworene Gemeinschaft und manche Honoratioren der Stadt.

In meinem Lieblingskaufhaus Haka, vormals Tonhalle, fand ich fast alles, was ich so brauchte. Die Lebensmittelabteilung war hinten links in der großen umgebauten Halle. Auch Kurzwaren, Schreibwaren, Arbeitsbekleidung, Porzellan, Bestecke, Kleinmöbel, Lampen in geordneter Unordnung füllten den Raum. Wie auf einem Flohmarkt. Eine mit Linoleum belegte Holztreppe führte in die obere Etage, wo Gardinen, Vorhangstoffe, Kleiderstoffe, Staubsauger, Kochtöpfe, Pfannen und andere Küchengeräte angeboten wurden.

In der Lütjenstraße hatte „Pelze Deutschmann" kurz vor der Teichschleuse sein elegantes Unternehmen. Gefragt waren die bombastischen Pelzhüte und Mützen, manchmal wie Kaffeekannenwärmer in Kanin und Nerz. Pelzmäntel kaufte man nur dort, weil der Unternehmer sie auch nach Maß anfertigte. Er wurde spektakulär zum Stadtgespräch, als er mit seiner jungen Mitarbeiterin mit Sack und Pack und einem Haufen Geld, mehrere Millionen, das Land verließ und untertauchte. Von der Bank hatte er sich einen Kredit geben lassen, womit er sein Geschäft und Unternehmen modernisieren und ausbauen wollte. Er ließ seine Frau mit den gesamten Schulden zurück.

Gegenüber von Pelze Deutschmann war das Puppenparadies aller Puppenmuttis bei Puppen-Popp. Kleine und auch große Kinder drückten sich am vielseitig dekorierten Schaufenster die Nasen platt. Thodes Mühle, das Westphalenhaus und das Kaufhaus, wie ein Tortenstück in der Mitte am Ende der Straße bildeten einen schönen Abschluss, überragend linker Hand von der imposanten Vicelinkirche. Bäcker, Feinkostläden. Schuhmacherei, Kaffeeläden und Bekleidungsgeschäfte vervollständigten die kleine Straße, die vom Kleinflecken in den Großflecken mündete. Der Platz auf dem Großflecken wurde von beiden Seiten von einer Fahrbahn umrahmt, vom Rathaus in Richtung Bahnhof und zurück auf der andern Seite. Mitten auf dem Platz, wo Autos parken konnten und eine Baumallee zum Flanieren einlud, befand sich in einem nierenförmigen Gebäude gegenüber der Holstenstraße eine Gastwirtschaft und am anderen Ende das Büro der Busse zur Lütjenstraße hin. Das Lokal war Treffpunkt vieler junger Leute. Zum Norden hin dann der Busbahnhof mit vielen Bahnsteigen ohne Überdachungen.

Das Jahr 1966 war für meine Eltern eine finanzielle Herausforderung. Die Feierlichkeiten innerhalb der großen Familien waren meist alle am Anfang des Jahres und nun stand Papas 50. Geburtstag bevor. Sie wollten nicht alle wieder einladen, das würde den finanziellen Rahmen sprengen. Also kam ich auf die Idee, Papa zu seinem Geburtstag in kleiner Runde in ein Lokal einzuladen. Natürlich gab es zwischen uns Schwestern deswegen Querelen. Die Kleine verdiente ja noch nicht und Roberta war geizig. Ich aber setzte mich durch. Ich suchte Hotel Kröger am Bahnhof aus. Es hatte gediegene Gasträume in dunklem Interieur und dadurch ein besonderes, für damalige Verhältnisse, gehobenes Ambiente. Ich glaube noch zu wissen, dass wir alle Eisbein, Sauerkraut, Salzkartoffeln und Erbspüree aßen. Die Portionen waren reichhaltig und das Bier dazu schmeckte. Beim Bezahlen gab es wieder Schwierigkeiten. Roberta bestand darauf, dass ich den Anteil für ihren Freund mit entrichtete. Ich hatte ihn nicht eingeladen und Papa ebenfalls nicht. So war sie eben.

Schicksalsreise

1966 reiste ich mit einer Jugendgruppe aus Neumünster nach Jugoslawien. Wir jungen Twens fuhren mit dem Zug gen Süden und waren alle aufgeregt. Es sollte eine lange Zugfahrt werden, durch Österreich bis nach Rijeka in Jugoslawien. Durch eine Klassenkameradin aus Gadeland – Edeltraut Staschelt – für die ich mal Urlaubsgarderobe genäht hatte, kam ich auf die Idee, dort mitzufahren. Ich war selig, denn ich reiste allein, ohne meine Schwester, mit 21 ½ Jahren.

Auf der Fahrt lernte ich bereits einige Mädchen und Jungen kennen. Man klönte, spielte Spiele miteinander, spazierte durch die einzelnen Abteile, aß, trank und döste vor sich hin. In Rijeka wechselten alle mit dem Gepäck auf ein großes Boot mit knatterndem Motor. Die Sonne brannte vom Himmel. Wir lagen auf den Bänken. Die Schultern gegeneinander und den Kopf jeweils bei dem anderen auf der Schulter, um die Härte der Bank nicht spüren zu müssen. Die Fahrt ging nach Martinscica auf die Insel Cres. Für uns junge Frauen der Gruppe war Fräulein Börm zuständig. Sie war das, was man damals ein spätes Mädchen nannte. Mit einem Haarknoten im Nacken, Nickelbrille und trutschiger Garderobe. In ihrer Eigenschaft als Ansprechpartnerin und Betreuerin passte sie höllisch auf uns auf. Für die Jungens übernahm diese Aufgabe Pastor Dr. Scholz aus Einfeld selbst. Es bildete sich bald eine Clique bestehend aus Dörte und den beiden Wolfgangs um mich. Morgens war Bibelstunde unter schattigen Olivenbäumen, mittags gemeinschaftliches Essen auch mit anderen Jugendgruppen aus Deutschland im großen Gemeinschaftshaus. Dort fanden auch Treffen zur Unterhaltung und zum Tanzen statt. Der Strand der Adria war steinig und voller Geröll.

Wir brauchten Badeschuhe. Die verschiedenen lauschigen Badebuchten waren von hohem Felsgebirge umrahmt. Es bestand die Möglichkeit, Wasserski zu fahren. Man konnte auch Boote mieten. So kamen meine neu gewonnenen Freunde und ich auch auf andere Inselgruppen oder ans Festland. Die kleinen Hafenstädte mit ihren dreigeschossigen weißen einfachen Häusern standen fast im Wasser wie in Venedig. Mali Losinj war eine von ihnen. Malerisch mit schmucken Häuschen, aufgeschichtet am Berg, wie Vogelhäuser angelehnt. Auf der

Bergspitze Pinien. Sonst rundherum dürres Gras. In den staubigen Straßen begegneten uns Packesel, die man mieten konnte einschließlich des Besitzers. Ein Luftkissenboot war die große Attraktion. Man kam in der Hälfte der Zeit auf eine andere Insel. Vieles mussten wir zu Fuß ablaufen. Es gab kein Auto auf der Insel, nur eines zur Versorgung der wenigen Feriengäste.

In diesem Urlaub lernte ich meinen Heinz kennen. Er war mit einer Jugendgruppe aus dem Saarland auf Cres. Man traf sich im Gemeindehaus zum Sirtaki Tanzen, oder in deren Unterkunft, um zu lesen. Einer las immer vor und die anderen hörten zu. Wir gingen gemeinsam baden, fuhren ans Festland um bummeln zu gehen, abends auf Cres zu Fuß in andere Dorfschenken und aßen serbische Bohnensuppe. Die Nächte waren sehr warm, aber es war verboten nachts am Strand zu sein. Außerdem sollten alle in ihrer Unterkunft bis 23 Uhr sein. Das wurde kontrolliert. Mein Zimmer war weit vom Zentrum entfernt in einem zweigeschossigen Haus mit gemauerter Terrasse davor. Der Weg zum Wasser und zur Mitte des Dorfes sandig und steinig und an den Seiten aufgeschichtete Steinmauern. Die Beleuchtung war spärlich. Die Zimmer sehr spartanisch eingerichtet. Betten, einzelne Kleiderschränke, Waschgelegenheit draußen. Ein Lavabo und ein Plumpsklo im Stall. Ich schlief mit mehreren Mädchen und Fräulein Börm in einem Raum. Die Unterkünfte der anderen waren auch nicht besser. Der Tourismus war hier noch nicht angekommen. Für alle zu Hause brachte ich etwas mit. Für Ingrid eine echte Korallenkette. Unheimlich teuer. Sie hat sich weder bedankt, noch sie getragen.

Nach dem Urlaub blieb ich mit Heinz telefonisch in Kontakt. Er hatte seinerzeit an der Uni Kiel in der Olshausenstraße studiert, wo wir uns wahrscheinlich schon gesehen hatten. Nun studierte er in München. Seinetwegen ließ ich mir ein Telefon bei meinen Eltern in der Wohnung legen. Es wurde von allen Familienmitgliedern genutzt. Ich besuchte Heinz einige Male an Wochenenden in München. Wir bummelten durch die Innenstadt, machten Halt im Hofbräuhaus, gingen abends in Nobelkneipen, wo auch Ex-Kaiserin Soraya dinierte. Zu Silvester 1966/1967 nahm ich den Nachtzug nach Frankfurt, wo ich bis zum frühen Morgen auf den Anschlusszug ausharren musste. In Saarbrücken wurde ich von meinem Freund erwartet. Wir fuhren in einem alten Borgward noch eine Weile durch die hügelige Landschaft bis zum seinem Heimatdorf.

Die Mutter von Heinz wohnte außerhalb des Dorfes. Sein Vater war im Jahr unseres Kennenlernens 1966 an Kehlkopfkrebs verstorben. Er war Arzt gewesen und konnte sich selbst nicht mehr helfen. Getroffen haben wir seine Schwester, Diplomdolmetscherin, ihren Mann, Staatsanwalt aus Schweinfurt, rechte Hand des damaligen Oberstaatsanwalt Sachs, aus dem Fernsehen bekannt. Robert Lembke – Berufe raten aus der beliebten Sendung „Was bin ich?" Ich hatte keine Mühe, ihnen freundlich zu begegnen. Schwellenangst kannte ich nicht mehr. Ich trug ein Erle-zf-Kostüm (zf für zierliche Frau) in grauem Tweed und hohe Stiefel. Für die Feier hatte ich mir ein Cocktailkleid rausgelegt. Für die Rückfahrt lag im Koffer ein marineblaues Kostüm mit Nadelsteifen. Ich hatte meine teuerste Garderobe mitgenommen. Mehr gab mein Kleiderschrank auch nicht her. Ich wurde in einem der Zimmer einquartiert, mein Freund musste im Keller schlafen. Der Keller war bombastischer als manche Wohnung. Gemeinsam aßen wir im Frühstückszimmer, einem separaten Zimmer neben der Einbauküche. Zur Silvesterfeier kamen noch Verwandte. Alles Studierte. Die Feier war verhalten, zumal der Vater erst verstorben war. Es war viel Platz im großen Wohnzimmer mit Parkett, Perserteppichen, den großen Fenstern und der Terrassentür in diesem Winkelbungalow. Er hatte zwei Bäder mit Marmorböden und drei Schlafzimmer. Im Keller waren noch mehrere bewohnbare Räume und ein großer Weinkeller. Ich lernte Weinbergschnecken essen, trank Champagner und tat so, als wäre es selbstverständlich. Die Schnecken schmeckten wie alter Kaugummi.

Mein Vater rief abends noch an und erkundigte sich, ob es mir auch gut erginge. Ich war überrascht, dass er überhaupt anrief. Machte er sich Sorgen? Seine Stimme klang komisch am Telefon; wir hatten noch nie miteinander telefoniert. Hatte er getrunken? Das fiel im Saargebiet bei dieser Familie nicht sonderlich auf, dort floss der Alkohol in Strömen. Man speiste und trank im Überfluss. Die Tage vergingen wie im Fluge. Ich verabschiedete mich herzlich von allen und bedankte mich bei seiner Mutter mit einem gehauchten Kuss auf die Wange.

Anfang Januar 1967 hatte ich entsetzliche Unterbauchschmerzen und suchte den älteren Kollegen Bruhn im Lazarett des Gefängnisses auf, in dem ich mittlerweile arbeitete. Ich hatte dort halbtags Dienst getan und vertraute ihm. Er nahm mir Blut ab und untersuchte es. Am Nachmittag ging ich nach Haus zu meinen Eltern, wo ich noch mit beiden Schwestern in einem Zimmer wohnte und packte einen kleinen Koffer für die Klinik. Blinddarmentzündung, meine erste Operation. Angst hatte ich schon. Vollnarkose, stramm im Bett liegen, Sandsack auf dem Bauch. Ich bekam viel Besuch. Freundinnen, Kollegen und ein aufdringlicher Kollege, der mir Schmuck mitbrachte. Selbstgemachten Emailleschmuck. Ich hatte vor Weihnachten in seinem Haus mit seiner Familie und einigen Kollegen gefeiert. Nun bildete er sich ein, ich würde für ihn etwas empfinden. Seine Mutter meinte, er würde sich mit mir verloben. Das musste ich aufklären. Als ich im Gespräch erwähnte, dass ich über Silvester bei meinem Freund und seiner Familie gewesen war und dieser nächste Woche zu Besuch käme, flippte er aus und beschimpfte mich. Er fühlte sich von mir betrogen. Ich hatte ihm nie Hoffnung gemacht, auch hatten wir keine Zärtlichkeiten ausgetauscht. Was wollte der eigentlich? Nur weil er mir mal unaufgefordert kleine Geschenke gemacht hatte, war ich ihm doch nicht verpflichtet.

Weil mein Freund seinen Besuch für nach meinem Krankenhausaufenthalt angekündigt hatte, machte mein Vater eine Dachkammer zurecht, wo man noch die Dachziegel sehen konnte. Sie wurden mit Glaswolle und Pappe verkleidet und übertapeziert. Ein Bett reingestellt, ein Stuhl daneben, gleichzeitig als Tisch, ein paar Haken an der Wand für die Garderobe und ein kleiner Schrank, wo ich meine Gläsersammlung platzierte. Heizung gab es nicht. Es sollte dem Gast aus dem Saarland als Gästezimmer dienen. Alles war primitiv und nicht so feudal wie bei ihm Zuhause. Aber mich störte das nicht. Ich hatte inzwischen durch meine Tätigkeit in der Strafanstalt so viel Selbstvertrauen, dass mich kaum noch etwas erschütterte. Wenn er mich mag, würde er es ertragen.

Er kam und man nahm in freundlich auf. Er hatte gutes Benehmen und war mit allem zufrieden. Ich war noch krank geschrieben und so hatten wir Zeit füreinander. Mit seinem alten Borgward Isabella fuhren wir durch die Lande und hatten eine schöne Zeit. Manchmal schlich ich mich nachts aus dem Zimmer, wo auch meine beiden Schwestern schliefen, zu ihm ins

Bett in die Kammer. Wir mussten leise sein, denn die Wände waren dünn. Er rauchte viel, schwarze Zigaretten, und trank ab und zu auch mal einen Schnaps. Aus der Flasche. Er wollte keine Gläser schmutzig machen. Das alte Haus hatte seinen Geruch angenommen. Agnes, die unten wohnte, rümpfte leicht die Nase. Otto rauchte ja auch, aber es stank nicht so.

Nach einer Woche reiste er wieder ab, um in München weiter zu studieren. Es dauerte gar nicht lange, vielleicht zwei Wochen, da hatte ich abends immer leichtes Magendrücken. Mein Vater gab mir dann einen klaren Schnaps. Es war weg. Dann blieb die Regel aus. Ich fühlte mich gut und konnte mir gar nicht vorstellen, dass ich schwanger sein sollte. Ich besuchte meinen Freund übers Wochenende in München. Er nahm die Möglichkeit ein Kind zu kriegen, mit Freuden auf. Wir gingen aus und er sagte zu mir: „Ich bringe dich zurück. Vorher fahren wir noch bei meiner Schwester in Schweinfurt vorbei. Ich muss ihr das erzählen." Gesagt, getan. Das kam bei der Schwester und dem Schwager allerdings gar nicht gut an. Ich wusste nicht, dass die Schwester erst kurz zuvor eine Fehlgeburt erlitten hatte. Man baute mir eine Campingliege im Speisezimmer auf, auf der ich überhaupt nicht schlafen konnte. Seine Familie war streng katholisch, deshalb die Trennung. Mein Freund schlief mit in den Ehebetten. Am nächsten Tag fuhren wir von Schweinfurt nach Neumünster. Glücklich darüber, dass die Tochter wieder zu Hause war, traf man sich zu einem Mittagessen im Esszimmer. Meine beiden Schwestern waren auch dabei. Ich eröffnete das Gespräch mit dem Satz: „Wir bekommen ein Kind!" Ich war 22 1/2 Jahre alt.

Stille. Dann Roberta, Großmutter vernünftig und so sittsam, sprang auf: „Da kann einem ja nur schlecht werden!" Sie wollte sich vom Tisch entfernen, da wurde sie von unserem Vater am Ärmel ihrer Bluse festgehalten. Er zog sie wieder runter auf den Stuhl. „Mutti", sagte er ganz ruhig, „bitte geh in den Keller und hol eine Flasche Wein hoch. Wenn ein Kind geboren werden soll, ist es ein Grund zum Feiern!" So hatte ich meinen Vater noch nicht erlebt. Er schien sich zu freuen. Voll der künftige Opa. Es wurde noch ein fröhliches Beisammensein, nur meine Zwillingsschwester maulte. Die Hochzeit wurde geplant. Es musste allerdings zeitnah sein, da man im Hochzeitskleid den Bauch noch nicht sehen sollte. Natürlich auch wegen der Nachbarn. Gefeiert wurde am 31. März und am 1. April 1967 bei uns zu Hause, evangelisch.

Mein Mann der Säufer

Ich übernahm die Planung und Organisation. Fleisch beim benachbarten Metzger bestellen, Kuchen wollten wir selbst backen, da alle in der Familie es konnten. Kochen war auch kein Problem. Vorsuppe Spargelcreme, Schweinebraten, Rotkohl, Erbsen mit Wurzeln, grüne Bohnen, Kartoffeln und zum Nachtisch Pudding. Das Brautkleid, kurz, weiße Spitze mit Taftunterkleid, langer Arm. Ich schneiderte es mir selbst. Mit dem kurzen Kleid wollte ich die Hochzeit einfach gestalten, zumal nicht alle aus der Verwandtschaft sich Garderobe für eine große Hochzeit leisten konnten. Sie fand im Hause meiner Eltern statt. Es wurde eine große Tafel mit feiner Damasttischwäsche von vorne im Wohnzimmer bis durch das Esszimmer gedeckt. Geschirr und Bestecke hatten alle Töchter genug in ihrer Aussteuer. Mit dem Großteil meines gesammelten Hutschenreuther Service „Astoria Rose" wurden die Tische eingedeckt. Silbernem Leuchter, Kristallgläser, Silberbesteck von Robbe und Berking, Blumengestecke, weiße Tuchservietten. Schwiegermutter mit Tochter und Schwiegersohn reisten einen Tag vorher an. Ich brachte sie in das nahegelegene Hotel „Stadt Altona" unter, ohne die Zimmer zu inspizieren. Es war nicht teuer, falls ich die Unterkunft auch noch bezahlen musste. Meine Eltern hatten kein Geld dafür. Vor dem Standesamt sammelten sich alle. Ich trug mein dunkelblaues Nadelstreifenkostüm, er einen dunklen Anzug. Es war kurz und schmerzlos. Meine Familie ging nach Hause, um für das Mittagessen zu sorgen.

Ich wurde mit meinem neuen Ehemann zum Hotel „Stadt Altona" gebracht, wo wir zusammen Kaffee tranken. In meiner Tasse schwamm saure Milch, daran kann ich mich noch gut erinnern. Der Kellner tauschte den Kaffee nicht aus sondern, ließ ihn etwas billiger. Keiner von den feinen Leuten erhob Einspruch. Meine Schwiegermutter gab sich mütterlich, anschmeichelnd und doch etwas gehemmt. Sie erklärte mir, dass ich doch einen sehr guten Einfluss auf ihren Sohn hätte. Früher hätte er viel mehr Alkohol getrunken. Diesen Hinweis hätte ich im Rückblick viel früher gebraucht, das hätte mir einiges Elend erspart. Erst nach dem Standesamt klärte mich diese Familie auf, dass mein frischgebackener Ehemann ein großes Alkoholproblem hat. Das hatte er durch unsere Fernbeziehung gut verstecken können. An dieser Stelle fiel bei mir eine Klappe. Für mich brach eine Welt zusammen. Seine Mutter bemerkte nichts, sondern lobte mich weiter. Er sei jetzt fast strebsam, um sein langjähriges Studium endlich zum Ende zu bringen. Er studierte schon über sieben Jahre. Auch die Schwester und der Schwager boten ihre Hilfe an. Ich sagte nichts. Wie oft, wenn ich in der Zwickmühle saß, fing mein Kopf an zu rattern. Das Bauchgefühl war weg, das Gehirn übernahm alles. Ich lächelte freundlich und stand auf, um zu gehen. Irgendeiner bezahlte. Wir trafen rechtzeitig zum Mittagessen mit allen Gästen ein.

Man speiste zusammen recht fröhlich und aufgeregt im Hause meiner Eltern. Viele Hände richteten nach dem Essen die Räume wieder her und wir rüsteten uns für die kirchliche Trauung. Der Schwager hatte extra ein weißes Auto gefahren, damit wir damit zur Kirche konnten. Doch ich hatte alles anders durchgeplant. Ein geschmücktes Taxi holte uns beide ab. Wir verließen als letzte das Haus. Das Stammbuch hatte ich vergessen. „Muss man das nicht mitnehmen?", fiel mir plötzlich laut ein. Der Taxifahrer meinte: „Wir kehren nicht um, das bringt Unglück!" Er wusste gar nicht, wie Recht er hatte. Die ganze Verwandtschaft mit Kind und Kegel saß bereits in der Vicelinkirche, als ich mit meinem Mann am Arm hinter dem Pastor die Kirche betrat. Ich weiß nicht, warum ich nicht an dieser Stelle einfach den Rückzug antrat. Aus heutiger Sicht erscheint das naheliegend. Aber damals reagierte ich anders. Ich war es gewohnt, mich zu verhalten, wie es alle von mir erwarteten. Ich konnte viel aushalten, das wusste ich. Ich hatte mich voll unter Kontrolle, lächelte zu allen Seiten und auch meinen Mann an. Wir konnten vorne Platz nehmen und den etwas entfernten Altar bewundern. Der Pastor fing mit seiner Predigt an. Ich bekam überhaupt nichts mit. Flüsternd sagte ich mir ständig: „Scheiß Trauung, scheiß Ehemann, scheiß katholische Verwandtschaft, scheiß Alkohol, scheiß Feier." Mein Ehemann wurde leicht nervös. Er hatte mich nicht richtig verstanden. Die kirchliche Trauung wurde vollzogen mit dem Spruch „Seid einander untertan – in der Liebe Christi". An seinem Arm schritt ich den langen Weg entlang bis zum Kirchenausgang. Es wurden Fotos gemacht. Irgendwie sah ich verklemmt aus.

Die anschließende Feier im Hause meiner Eltern war toll. Für die anderen. Man sprach von dem Glücksfall, den ich mir gekapert hätte. Alle waren begeistert. Meine Zwillingsschwester ließ ihre Augen nicht von unserem neu gewonnenen Schwager, dem Staatsanwalt. Der hatte es ihr angetan. Gegen 18 Uhr meinte mein Ehemann: „Wir ziehen uns zurück." Ohne mich vorher zu fragen. Ich folgte ihm, leicht verwundert, über mich. Wir gingen nach oben. Ich hatte die beiden Zimmer zum Hof von meiner Tante Agnes gemietet und die Räume zu einem Liebesnest hergerichtet. Unten wurde weiter gefeiert. Oben angekommen, fiel mein Ehemann gleich über mich her. „Du hast gehört, was der Pastor in der Kirche gesagt hat. Du bist jetzt mein Untertan!" Es begann die entsetzlichste Nacht meines Lebens. Er fiel mindestens sieben Mal über mich her und trank zwischendurch immer Schnaps aus der Flasche. Gegen Morgen war der Alkohol alle. Ich musste zum Kaufmann Dressel, um eine neue Flasche zu kaufen. Von meinem Geld. Er hatte nichts, er war Student und jetzt mit einer arbeitenden Frau verheiratet. Leicht betrunken verabschiedete er am Vormittag seine Mutter, Schwester und Schwager und wollte dann mit seinem Auto losfahren. Roberta und Alfred sollten mit. Sie haben den Alkohol gerochen und lehnten ab.

Die zweite Nacht verlief ähnlich ab. Der Schnaps war am nächsten Morgen wieder alle. Ich fühlte mich wie eine Mülldeponie, weil ich mindestens zehn Mal vergewaltigt worden war. Es war einfach nur die Hölle. Er forderte mich abermals auf, Schnaps zu kaufen. Ich machte mich so gut es ging frisch, zog mir neue Sachen an und ging in die untere Wohnung zu meinen Eltern. Zu meinem Vater, der noch Urlaub hatte, sagte ich dann: „Geh bitte nach oben, hol deinen Schwiegersohn aus dem Bett, nimm ihm den Haustür- und Wohnungsschlüssel ab, lass ihn packen und pass bitte auf, dass er nichts mitnimmt! Schick ihn zurück zu seiner Mutter!" Meine Mutti stand fassungslos daneben. Sie kapierte nichts. Papa verließ wortlos die untere Wohnung und begab sich nach oben. Es war nichts zu hören. Es dauerte. Dann hörten meine Mutter und ich die Haustür. Papa kam zurück und übergab mir die Schlüssel. „Nun erzähl!" Er hatte sofort begriffen, dass etwas nicht stimmte. Er bemerkte es bereits auf der Feier. „Das Kind kriegen wir auch ohne Vater geschaukelt." Meine Mutter: „Was soll ich bloß den Nachbarn sagen?"

Ich fühlte mich plötzlich wie befreit. Meine Schockstarre löste sich. Ich war nach den entsetzlichen Ereignissen endlich wieder handlungsfähig. Der Felsbrocken, der auf meiner Seele lastete, war nicht mehr da. Ich tat das Richtige. Heinz rief später noch einmal an und wir trafen uns zu einer Aussprache, die für ihn aber nichts brachte. Die Schwiegermutter rief auch noch an, um einzulenken. Wir schrieben uns Briefe und er beteuerte, dass er das Trinken nachlassen würde. Diese Episode machte mir noch lange zu schaffen. Ich hatte ein Gefühl von Leere, nicht interessant zu sein, abgestempelt als Frau und schwanger und nicht mehr ein Fräulein, welches noch auf dem Markt war. Nichts mehr wert. Nach einer Weile erholte ich mich seelisch und wollte einen Neuanfang wagen. Ich wollte meinem Leben eine Wendung geben. Im April 1967 meldete ich mich bei einer Fahrschule an und hatte dann im Mai 1967 meinen Führerschein.

Im August 1967 suchte ich Heinz in seinem Heimatort auf. Die Schwiegermutter war verreist. Er holte mich vom Bahnhof ab und war wie immer. Freundlich, zugänglich und tat besorgt. Um die Zeit totzuschlagen, oder aber auch mich seinen Freunden vorzustellen, besuchten wir eine junge Familie in einem anderen Ort. Dort waren wir zum Kaffee eingeladen. Da Heinz denen erzählt hatte, die Leute aus dem hohen Norden würden sehr süß essen, war der Kuchen nach meinem Geschmack verunglückt. Ich sagte nichts. Nach dem Kaffee verabschiedete sich mein Mann mit den Worten: „Ich muss noch schnell mal was besorgen. Ich komme gleich wieder." Mir war es unangenehm mit den fremden Leuten ein Gespräch zu führen. Ich kannte sie überhaupt nicht und wusste nicht, wie sie zueinander standen. Es dauerte lange. Mein Mann kam nicht wieder. Ich wurde unruhig und fragte nach, wo er denn sein könnte. Ich fühle mich nicht wohl und wolle zurück. Man druckste herum, bis die junge Frau dann mit einem verächtlichen Unterton sagte: „Er ist wahrscheinlich im Puff. Da war er in letzter Zeit oft." Sie und ihr Mann blickten mir dabei nicht in die Augen.

Als er wieder kam, brach ich sofort auf; ließ mir nichts anmerken, verabschiedete und bedankte mich. Im Haus seiner

Mutter packte ich sofort meinen Koffer und befahl ihm, mich zum Bahnhof nach Saarbrücken zu fahren. Er sagte kein Wort. Er ahnte, was ich wusste. Ich suchte selbst meinen Zug mit schwerem Koffer tragend im siebten Monat. In Frankfurt musste ich umsteigen in den Nachtzug nach Hamburg. Ich hatte ein Schlafabteil für mich allein und versuchte die Gedanken zu verdrängen. Der freundliche Schaffner richtete mein Bett. Ich konzentrierte mich auf das gleichmäßige Rattern der Zugräder und schlief dann irgendwann ein. Der Schaffner weckte mich eine halbe Stunde vor Hamburg. Ich machte mich frisch, ordnete die langen Haare und zog mir meine leichte Jacke über. Im Speisewagen trank ich eine Tasse Kaffee und aß ein Marmeladenbrötchen. Als ich den Nachtzug verließ, stand der Anschlusszug bereits auf dem Nachbargleis.

Zu Hause bei meinen Eltern sagte ich kein Wort. Mein Mann müsse wieder nach München zum Studieren. Am nächsten Tag ging ich zum Rechtsanwalt und reichte die Scheidung ein. Ich hatte kaum Zeit, mich auf mein Kind zu freuen. Tagsüber der Dienst in der JVA, abends die Strategie entwickeln, wie ich aus dieser Lage heraus kam. Mein ehemaliger Ausbilder und gleichzeitig mein Anwalt und ich klüngelten einen gewieften Plan aus. Die Gegenseite drohte mit fünf Anwälten und meinte, ich sei wegen der Schwangerschaft nicht zurechnungsfähig. Man wolle die Geburt des Kindes abwarten. Ich hasste unerledigte Dinge. Also provozierte ich durch Anwaltspost die Gegenseite wegen des mir zustehenden Unterhalts. Die Familie meines Mannes versagte mir sämtliche Zuwendungen. Inzwischen hatte die Mutter das ganze Erbe ihrer Tochter vermacht, so dass ich keine Ansprüche mehr stellen könne.

Am 27. Oktober 1967 ging ich, da ich bereits mehr als eine Woche über dem errechneten Geburtstermin war, zum Frauenarzt. Nach der eingehenden Untersuchung schlug er vor, ich solle gegen Abend in seine Klinik kommen, damit die Geburt eingeleitet werden könne. Bei meinen Eltern war die Stimmung auf dem Nullpunkt. Papa sagte zu mir, bevor ich ins Taxi stieg: „Komm nicht allein nach Hause." Er fand stets die richtigen Worte. Ich hatte keine Vorstellung, was auf mich zukam.

Nie mehr allein

Die Nacht war unruhig, Bauchkrämpfe, die Wehen setzten sporadisch ein. Am frühen Vormittag, Samstag, den 28. Oktober 1967, wurde die Geburt eingeleitet. Nach 15 Uhr erhielt ich eine Vollnarkose, wurde geschnitten, damit das Kind geholt werden konnte. Ich habe nichts mitbekommen. Als ich in meinem Krankenzimmer, in dem noch zwei andere Mütter entbunden hatten, aufwachte wusste ich erst gar nicht, wo ich war. Eine sehr hilfsbereite junge Frau kümmerte sich um mich und fragte: „Willst du überhaupt nicht dein Kind sehen?" „Oh ja!" rief ich laut. In dem Augenblick kamen meine Eltern herein und erzählten ganz entzückt von dem kleinen Jungen mit dem schwarzen Backenbart. So erfuhr ich, dass ich einen Sohn bekommen hatte. Die Krankenschwester kam mit ihm auf den Arm herein. Alle waren begeistert. Ich hatte einen kleinen „Monchichi". Er war ein Erlebnis. Volles schwarzes Haar, schwarzen Haarflaum auf den Wangen und leicht gebräunte Haut. Er wurde zur Attraktion auf der Kinderstation. Papa war stolz. Weil er sich sichtlich über seinen Enkelsohn freute, bekam Torben auch Harm als zweiten Vornamen.

Anfangs wohnte ich noch im Hause meiner Eltern, zog dann aber ins Nachbarhaus zu Schlachter Stäcker in die hintere Wohnung. Zwei Zimmer, Küche, kein Bad. Ich musste über den Gang ins Haus meiner Eltern. Gewaschen wurde sich in der kleinen Küche am Ausguss. Ich hatte ein neues Schlafzimmer, in dem auch das Kinderbettchen stand. Das Wohnzimmer war aus Teilen meines Jugendzimmers zusammengestellt. Ein Schlafsofa, zwei Cocktailsessel, ein kleiner Tisch, eine Anrichte, ein Stringregal. In der Küche ein neues Küchenbuffet, 60er Jahre Stil. Die beiden Betten mit negativ beladenen Erinnerungen ließ ich bei meiner Tante in dem ehemals gemieteten Liebesnest zurück. Ich wollte nicht mit Altlasten in mein neues Leben starten. Unterhalt bekam ich nicht. Die Scheidung war auch noch nicht durch. Die andere Seite pokerte. Mein ehemaliger Chef schlug den Anwälten meines Mannes vor, dass man gegenseitig auf Unterhalt für Gegenwart, Vergangenheit und Zukunft verzichten sollte. Die aber wollten drei Jahre getrennt leben abwarten. Sie hofften, mich mit dem Angebot auf ein eigenes Auto und Wohnung zurückzugewinnen.

Gott sei dank hatte ich ein pflegeleichtes Kind. Er schrie fast nie. Er war mit allem zufrieden. Am besten, man ließ ihn ganz in Ruhe und holte ihn nur zu den Mahlzeiten aus seinem Bettchen oder wenn er wach war. Er schlief gleich sechs Stunden nachts durch. Wir beide waren ein eingespieltes Team. Ich hatte noch mehr als ein halbes Jahr mit den Beschwerden des OP-Schnitts im Geburtskanal zu tun. Es war alles sehr schmerzhaft. Tagsüber brachte ich ihn zu einer Kinderfrau und ging wieder ab Januar 1968 ganztags zum Dienst in der JVA. Da ich eine größere und komfortablere Wohnung suchte, musste ich Geld sparen. Abends, wenn Torben schlief, tippte ich für Onkel Klaus aus der Ringstraße Gutachten für die Landesbrandkasse, lief jeden Abend eine Stunde mit dem AVON-Koffer von Tür zu Tür und nähte für meine Freundinnen Ausgehgarderobe. So kamen in manchen Monaten 300-500 Mark in die Haushaltskasse dazu. Ende 1968 zog ich in eine kleine Dienstwohnung unter dem Dach in die Roonstraße.

Zuvor hatte mein Vater die Wohnung vollkommen renoviert nach meinem Geschmack. Blau und weiß waren meine bevorzugten Farben an Wänden und Teppichen. Ich hatte auch noch Geld für einige neue Möbel angespart, andere strich ich einfach weiß. Zweieinhalb Zimmer mit Ofenheizung, kleiner Küche und Bad mit Badewanne und Toilette, Bodenkammer und Kohlenkeller. Den Umzug machte ich mit einem Pritschenwagen des Gefängnisses, wo sonst Essenbehälter für die Außenkommandos oder anderes transportiert wurde. Ein Kollege vom Vollzugsdienst und zwei Gefangene der einfachen Haft halfen mir dabei. Abgerechnet wurde es über eine Stadtfahrt mit Fahrer und Gefangenenbezahlung. Von meinen beiden Schwestern hatte ich keinerlei Hilfe.

Ich nahm meinen Sohn überall mit hin. Ich schob den Kinderwagen, den mein Vater gekauft hatte, und später die Karre durch die ganze Stadt zu meiner Familie, zur Tagesmutter und zu meinen Freundinnen. Auch machte ich mich zu Fuß mit dem Kinderwagen auf den Weg zur Fachklinik Hahnknüll, um dort Oma Bertha zu besuchen, die dort in Pflege war. Sie sollte doch ihren Urenkel kennenlernen. Sie hatte zwar schon mehrere Enkel, aber die kamen nie zu Besuch. Ich machte alles zu Fuß. Mit dem Zug fuhren wir beide nach Klausdorf zu meiner Freundin Ingrid vom Landesbauamt und übernachteten dort am

Wochenende. Ingrid war nach ihrer Scheidung auch alleinstehend mit ihrem kleinen Sohn. Sie hatte ein Auto und so fuhren wir auch mal an den Strand nach Falkenstein. Eigentlich hatten mein Sohn und ich ein gutes Leben. Ich war immer für ihn da. Mancher Monat war knapp mit dem Geld, wenn außergewöhnliche Ausgaben meinen Haushalt belasteten. 150 Mark für Miete, Brennholz und Kohlen, 50 Mark Strom und Gas, 160 Mark für die Kinderfrau, Telefon 30 Mark. Für Lebensmittel durfte ich höchstens 10 Mark pro Tag für uns beide ausgeben. Da waren Toilettenartikel, Reinigungsmittel und Waschpulver mit eingerechnet. Eine Waschmaschine hatte ich nicht. Manchmal ließ ich die Wäsche von Wäsche Meier aus der Wippendorfstraße abholen und bringen. Ansonsten besuchte ich am Wochenende meine Eltern und wusch meine Wäsche. Die transportierte ich noch feucht in einem kleinen Koffer auf dem Kinderwagen. So konnte niemand erahnen, dass ich „schmutzige Wäsche" wusch. 660 Mark Gehalt gab es monatlich. Manchmal liefen auch die Nebentätigkeiten nicht wie gewünscht.

Hilfe und Unterstützung von meinen Schwestern hatte ich hier auch nicht. Mutti und Papa nahmen mir manchmal Torben ab. Als meine Eltern mal verreist waren, rief die Frau des Lehrherrn meiner kleinen Schwester bei ihnen an. Ich war gerade vor Ort und hob den Hörer ab. Sie war verwundert einen anderen Nachnamen zu hören und fragte, wer ich sei. Wir stellten uns vor und sie begann damit, dass sie mal mit jemanden über meine Schwester Ingrid sprechen müsse. In der Lehre sei sie ungeschickt und ohne eigenen Antrieb und Ideen. Sie könne nicht einmal einen Besen richtig in die Hand nehmen, geschweige denn, damit zu arbeiten. Ob ich eine Möglichkeit sähe, wie man sie motivieren könnte. Da meine Zwillingsschwester auch zuhörte, musste ich vorsichtig sein, was ich erzählte. Ich konnte doch die Kleine nicht schlecht machen und in die Pfanne hauen. Ich versprach, dass sich was ändern und ich mit ihr darüber reden würde, ohne sie namentlich zu erwähnen. Die Eltern sollten nichts erfahren. Ich würde es schon regeln. 1968 heirateten Roberta und Alfred natürlich pompös in lang. Sie feierten zu Hause mit der Schwester von ihm und deren Ehemann und Sohn. Aus Bielefeld kamen Tante Berendine, Sohn Karl-Heinz und der familiäre harte Kern aus Neumünster. Karl-Heinz übernachtete in meiner Wohnung auf dem Sofa.

Im März 1969 feierten unsere Eltern Silberhochzeit in der Gaststätte Loop. Die war zu dieser Zeit sehr angesagt. Zu Gast waren auch die Cousinen Ingrid und Anneliese von Hilda und Ingwert, Olga und Walter, Agnes und Otto, Alwin und Gretel, mein Sohn und ich, Ingrid, Roberta mit ihrem Alfred. Selbst Karl-Heinz aus Bielefeld war da, der wieder bei mir in meiner Wohnung in der Roonstraße übernachtet.

30. August 1969, meine Eltern wollten am nächsten Tag vereisen. Ich kam abends, als Torben schlief, bei meinen Eltern vorbei, um den Inhalt des Kühlschranks entgegenzunehmen, damit während ihrer Abwesenheit nichts verdarb. Gegen 22 Uhr bestellte ich mir wegen der schweren Taschen ein Taxi. Ein junger großgewachsener schwarzhaariger Mann hielt vor dem Haus. Galant nahm er mir meine Taschen ab und ich konnte neben ihm vorne Platz nehmen. Er war gar nicht neugierig. Da ich nicht gerne Fremden erzähle, wenn Häuser oder Wohnungen leer stehen, weil die Bewohner verreist waren, log ich, in dem ich erzählte, dass sie für mich eingekauft hätten. Er hielt in meiner Straße vor dem Haus und wir klönten noch eine ganze Weile. Dann erzählte er, dass er keine Lust mehr hätte noch weiter zu fahren. Er würde das Taxi zurückbringen und dann mit seinem Wagen vorbeikommen, um mich abzuholen. Ich erklärte, dass in meiner Wohnung ein kleiner Junge schlafen würde und ich nicht lange wegbleiben könne. Wir trafen uns trotzdem, denn Torben schlief fest. Für den nächsten Tag verabredete er sich dann mit mir in meiner Wohnung. Er übergab mir zwei Scheiben Schnitzel, die er an dem Tag gekauft hatte und lud sich somit zum Essen ein. Ich war am nächsten Tag, es war ein Sonntag, überfordert und habe das Essen versalzen. Einen tollen ersten Eindruck habe ich da hinterlassen. Das machte ihm aber nichts, er blieb. Er zog gar nicht mehr bei mir aus. Ich musste meine neue Liebe zunächst geheim halten, da mir sonst Ehebruch nachgewiesen werden könnte. Das hätte sich negativ auswirken können. In dem Wohnblock gingen viele Menschen ein und aus. Einige trugen Uniformen, weil sie bei einer Behörde waren.

Pitt trug auch eine Uniform, nämlich die der Bundeswehr. Es fiel nicht auf. Er behielt weiterhin noch seine eigene Wohnung. Nachdem ich meiner Zwillingsschwester beim Renovieren ihrer neuen Wohnung geholfen hatte, wurden wir zu Alfreds Geburtstag eingeladen. Es war alles schön aufgeräumt und sauber. Ein Lastwagen donnerte die Straße runter und oben in der ersten Etage bei meiner Schwester in der Wohnung sprangen die unteren Klappen ihres Wohnzimmerschrankes auf. Alles rollte durcheinander auf den Teppich. Pitt setzte sich in den am Kopfende des Couchtisches befindlichen Sessel. Ich nahm auf der Couch Platz. Alfred kam, stellte sich vor Pitt hin und machte eine eindeutige Handbewegung und mit Worten: „Steh auf, das ist mein Platz!" Mir war das sehr peinlich. Wir gingen.

1970 wurde ich endlich von meinem ersten Ehemann geschieden, zu meinen Bedingungen. Unterhaltsverzicht beiderseits für Gegenwart, Vergangenheit und Zukunft. Alleiniges Sorgerecht. Sonst war ja nichts zu teilen, kein gemeinsames Konto, keine gemeinsame Wohnung. Für meine Geschwister und andere Verwandte lief ich nun mit einem Kainsmal umher. Man mied mich. Das gleiche Schicksal durchlebte auch meine Cousine Ingeborg, Tochter von Alwin. Wir beide wurden mit der Zeit glückliche Leidensgenossinnen. Nur meine Freundinnen, Uschi, Inge und Wilfriede hielten zu mir. Torben war inzwischen bei einer anderen Kindertante namens Gesa tagsüber. Sie wohnte im selben Haus wie wir. Es war ganz praktisch, zumal er nur eine Treppe hinunter musste. Anfangs behielt er stets seinen Schal um oder seine Mütze auf, bis er sich an sie gewöhnt hatte. Sie war absolut die Traumkindertante.

Mit Pitt besuchte ich meine Oma Bertha im Heim. Sie war erfreut über meinen Freund, zumal er schwarze Haare hatte, wie ihr verstorbener Mann. 1972 kam Oma ins Friedrich-Ebert-Krankenhaus. Sie hatte einen erneuten Schlaganfall. Mutti ging arbeiten und Papa ging es nicht gut. Also kümmerte ich mich tagsüber um Oma, weil ich meine Dienststelle direkt gegenüber hatte. Ich besuchte sie meistens in der Mittagspause. Dann erzählte sie mir, dass Opa zeitweise am Fußende ihres Bettes saß und sie zu ihm kommen sollte. Ich empfand es als Zeichen und verständigte meine Eltern. Am nächsten Tag wollte ich wieder ins Krankenhaus, aber in der Dienststelle war die Hölle los. Ich kam nicht weg. Ich hatte ein ungutes Gefühl und war innerlich ziemlich angespannt. Da klingelte mein Telefon im Büro. Ich bekam Beklemmungen und nahm ab. Es war das Krankenhaus. Oma war gerade gestorben. Und ich war nicht da gewesen. Ich war sehr traurig. Ich verständigte alle. Sie waren alle nicht mehr bei ihr gewesen. Auch nicht meine Zwillingsschwester, deren Patin Oma war. Ingrid hat sich auch nicht bei ihr sehen lassen. Oma war 85 Jahre alt geworden. Sie wurde neben Opa in der gemütlichen Ecke beigesetzt.

Mein Exmann zeigte sich weiter von der schlechtesten Seite. Er verweigerte seinem Kind den Unterhalt. Ich war gezwungen, härtere Geschütze aufzufahren und stellte Strafanzeige wegen Verletzung der Unterhaltspflicht. Alles hin und her brachte ihn nicht zur Besinnung. Er ignorierte alle Auflagen, schließlich wurde er verhaftet. Vor Gericht machte ihn der Richter fertig und der Staatsanwalt mich: „Wollen sie mit dem Strafantrag die Zukunft ihres geschiedenen Ehemannes verbauen?" „Er verweigert seinem Kind Essen, Trinken und Kleidung und verbaut ihm seine Zukunft!" entgegnete ich. Man verurteilte ihn zu drei Monaten Haft. Vor der Verhandlung meinte er zu mir, er hätte genügend Anwälte. Ich zeigte meinen Arm, streckte ihn lang aus und meinte, „Sieh auf meinen Arm. Das ist der Arm des Gesetzes und der ist auf meiner Seite!"

Er zahlte nicht und wurde wieder verhaftet. Er kam ausgerechnet nach Neumünster in die Anstalt, in der ich Dienst hatte. Ich verschwand ganz schnell aus meinem Büro und ließ die Aufnahmeverhandlung von einem Kollegen durchführen, der ihn gleich auf Transport nach Süddeutschland in die Nähe seines Wohnortes setzte. Das Gericht in Neumünster verurteilte ihn erneut zu neun Monaten Haft wegen Wiederholung. Er wurde später auch noch ein drittes Mal verurteilt und zwar ein Jahr und zwei Monate. Wie er das wohl überstanden hat ohne Alkohol? Ich hatte eine Detektei beauftragt, die sein Arbeitsleben und seine Geldbeträge kontrollieren sollte. 1978 bekam ich das erste Mal Unterhalt. 12.700 Mark. Mein Geschiedener wollte sich ein Auto kaufen und hatte das Geld dabei. Nach der Taschenpfändung dann erst nichts mehr. Dann aber fast regelmäßig Unterhalt. Anfangs nur 100 dann 120 Mark. Die Schwiegermutter zahlte. Bis Torben 20 Jahre alt war und zur Luftwaffe ging, war der Unterhalt durch Hilfe eines anderen Anwalts monatlich auf bis zu 500 Mark erhöht worden, um den Rückstand auszugleichen. Mein Ex-Mann bombardierte mich mit Telefonanrufen. Er hätte jetzt das Recht seinen Sohn zu sehen, da er Unterhalt leisten würde. Ich hatte aber eine richterliche Verfügung, dass er kein Besuchsrecht hatte. Er war Alkoholiker und somit nicht vertrauenswürdig. Ich wimmelte ihn konsequent ab und legte mir eine Geheimnummer zu.

Mit meinem zweiten Ehemann und Torben ging ich später zu einem Notar und mein Sohn beantragte die Adoption. Das war 1987. Unser Rechtsanwalt teilte dem leiblichen Vater mit, dass der Unterhalt jetzt eingestellt werden könne. Der Sohn hätte sich adoptieren lassen. Er war inzwischen 20 Jahre alt und damit volljährig. Das hatte ich von langer Hand geplant, aber mit niemanden darüber gesprochen. Ich wollte, dass mein Sohn ruhig in seine Zukunft gehen kann und nicht noch für seinen alkoholkranken Vater, den er nicht kannte, Unterhalt zahlen musste.

Pitt – endlich der Richtige

Im Jahre 1973 heiratete ich ein zweites Mal. Meinen Pitt. Stattliche 1,90 Meter groß, schwarzes volles Haar. Die Kollegen im Büro meinten, er sähe aus wie James Garner aus „Rockford, Anruf genügt". Pitt war Fahrlehrer bei der Bundeswehr gewesen und nach zwölf Jahren trat er in den Dienst der VHH ein. Den Polterabend feierten wir in unserer Wohnung im zweiten Stock im Hansaring mit Freunden, Kollegen, Nachbarn und engeren Verwandten. Meine Eltern konnten nicht kommen, da es Papa nach einer Herzattacke nicht gut ging. Es war verhalten ruhig aber trotzdem toll. Die große Feier mit Musik und Tanz fand später im „Hansa-Haus" statt. Von Pitt kamen Verwandte aus Hamburg, Umgebung und Berlin, sein Spieß von der Bundeswehr mit Ehefrau und Freunde. Von mir meine Eltern, Schwestern, Cousins und Cousinen, Tanten und Onkel. Und natürlich meine Freundin Uschi Hoppe und ihr Verlobter Wolfhard. Wilfriede wohnte da schon nicht mehr in Neumünster. Roberta wollte nicht kommen. Ihr Schwager blieb mein erster Mann. Der hatte schließlich studiert. Und der jetzige war ja nur Busfahrer und nicht Pilot. Ingrid war bei der standesamtlichen Trauung dabei mit anschließendem Mittagessen im Ratskeller. Dieses Mal war meine Mutter Trauzeugin und ein Freund von Pitt, Heinzi. Abends beim großen Buffet und Tanz mit über 30 Gästen im „Hansa-Haus" ließen sich dann auch Roberta und Alfred blicken. Wir hatten eine bekannte Tanzkapelle, in der

Walter Ganz mit aufspielte, der Exmann meiner Cousine Ingeborg. Mit dem Lied „Wir wollen niemals auseinander gehen" eröffneten Pitt und ich den Abend. Und es wurde eine lange Nacht.

Drei Wochen später heirateten Uschi und Wolfhard. Natürlich waren wir auch dabei. Es wurde bei Kreinsen gefeiert. Mein Vater war mit Pitt als Schwiegersohn total einverstanden. Er hatte damals, als ich ihn 1969 vorstellte, zu ihm gesagt: „Wenn du schon mit meiner Tochter schläfst, können wir auch du zueinander sagen. Ich heiße Harm und wie du heißt, weißt du ja!" Meine Mutter ganz anders: „De Kerl kümmt mi nie in't Huus!" Die Hochzeitsreise ging nach Mallorca mit Sohnemann. Wir waren oft in Berlin, in der DDR, Mallorca und Gran Canaria, an der Ostsee, auf Sylt und im dänischen Skagen. Pitt war ein Familienmensch. Wenn jemand um Hilfe rief, war er da. Ihm wurde nichts zu viel. Das mochten meine Eltern. Ich weiß nicht mehr, in welchem Jahr es war. Wenigstens bat uns die Mutter von Hardy nach Hals in Dänemark fahren, wo ihre beiden Söhne mit Frauen und einem Freund Urlaub machten. Sie hätte ein wichtiges Schreiben für sie. Wir machten uns auf die lange Reise nach Nordjütland. Zu dieser Zeit gab es noch keine Handys, ein Ankündigen des Besuchs war nicht möglich. Im Ort mussten wir uns durchfragen, wo das Ferienhaus stand. Begeistert war niemand, als wir dort auftauchten. Ich merkte gleich, wir störten. Übernachtet haben wir drei auf der zugigen Veranda auf unseren Campingliegen, die wir vorsichtshalber eingepackt hatten, unter Wolldecken. Weil es so kalt in der Nacht war, bekam ich entsetzliche Schmerzen in den Gelenken und in den Beinen. Am nächsten Tag waren alle Männer zusammen Angeln, während wir Frauen mit Torben am Haus blieben. Ich fühlte mich wie ein fünftes Rad am Wagen und war froh, als abends die Männer wieder da waren. Der Fang war ihnen dann auch noch ins Hafenbecken gerutscht, weil einer das Netz nicht richtig verknotet hatte. Auch Pitt fühlte sich nicht wohl innerhalb dieser Gruppe. Wir waren froh, als wir fahren konnten. Das machen wir nie wieder. Dank für die Strapazen und den finanziellen Aufwand blieb aus. Nach ihrer Rückkehr wurde unser unerwünschter Auftritt beschludert. Wir hätten ihnen den Urlaub verdorben. Das erfuhren wir auf Umwegen von Bekannten und Verwandten.

1973 fuhren wir mit meinen Eltern nach Manslagt und Holland, weil mein Vater unbedingt seine Heimat noch einmal besuchen wollte. Dieses Mal waren wir bei einem Bauern einquartiert, deren Schlafzimmer direkt an unserem Zimmer angrenzte und durch eine Kassettenholztür Verbindung hatte. Es störte leicht.

Meine Eltern wohnten in einem anderen Haus, wo sie früh morgens von den Kühen auf der Weide am Schlafzimmerfenster begrüßt wurden. Sie hatten es besser als wir getroffen. Wenn wir nachts nach Hause kamen, kündigten uns die Gänse auf dem Hof schon lauthals an. Manslagt hatte sich in den vergangenen Jahren kaum verändert. Der Ausflug über die Grenze war für uns alle ein Erlebnis. Mein Vater freute sich, weil er mehr als 30 Jahre nicht mehr in Holland gewesen war. Die Reise war anstrengend für ihn, denn die Herzkrankheit hatte ihn schon gezeichnet. Manche Abende verbrachten wir zusammen in der Dorfkneipe, wo meine Mutter ganz schön becherte und richtig lustig war. An einem anderen Abend warfen sich beide in Schale, da sie bei einem Bauern, einem Kameraden aus Kriegstagen, auf einem Gutshof zum Abendessen eingeladen waren. Die große Tafel war auf der Tenne mit teurem Geschirr, Besteck und bombastischen Leuchtern gedeckt. Hausangestellte servierten. Es muss ein sehr schöner Abend für beide gewesen sein, denn sie hörten gar nicht auf, darüber zu berichten. Auf der Rückfahrt besuchten wir seine älteste Schwester Greetje in Wittmund. Das war für alle schön. Als Großeltern begleiteten sie uns zum Hansapark, um ihren Enkelsohn dort zu erleben, und auch mit uns nach Travemünde zum Bandonion Konzert von Ingwert mit Hilda zusammen. Auch nahm Pitt seinen Schwiegervater mit zum Angeln oder fuhr mit ihm außerhalb von Neumünster einkaufen.

Nach Papas Tod wurde 1977 die Tochter von Ingrid und Hardy geboren. Ich schob weiter ganztags Dienst in der JVA wie bisher. Aus welchem kühnen Grunde auch immer, nahmen wir im Sommer meine Zwillingsschwester und Familie mit an die Ostsee. Die Atmosphäre war Sprengstoff geladen. Ich weiß nicht warum, aber es zeigte deutlich unsere schlechte Beziehung zueinander. Nur die Kinder hatten ihren Spaß.

Auf der Rücktour legte Alfred Pitt gönnerhaft fünf Mark aufs Armaturenbrett. Ein Dankeschön wäre mehr gewesen. Bloß das konnten beide nicht sagen. Einmal hat Pitt beide vom Flughafen Hamburg abgeholt, als sie vom Urlaub zurückkamen. Er wollte ihnen eine Freude bereiten, doch er trat voll ins Fettnäpfchen, nur mit seiner Anwesenheit. Sie ließen durchblicken, dass mit seinem Anblick der Urlaub verdorben war. Es machte dann wieder die Runde in der ganzen Verwandtschaft und darüber hinaus. Unsere schlechte Beziehung änderte sich in den folgenden Jahren überhaupt nicht. Sie wurde durch viele Episoden noch verschärft.

1981 wurde der Sohn von Ingrid geboren. Wir gingen natürlich Kindskieken mit Geschenk. Ich wusste, dass wir nicht willkommen waren. Ich hatte dennoch eine Sehnsucht und Hoffnung in mir, diesen Zustand zu verändern. Und so wünschte ich mir, Verantwortung für das Kind zu übernehmen. „Ich würde gerne Patentante bei deinem Sohn sein. Das würde doch passen, da ich bereits einen Sohn habe. Überlege es dir bitte." Ingrid lehnte ab mit den Worten: „Da muss ich erst einmal deine Zwillingsschwester fragen." Über diese schroffe Abweisung war ich sehr traurig.

1983 stand die Konfirmation von Torben an. Wir luden alle Freunde, Verwandte, die Schwestern mit Anhang, Kalli und seine drei Kinder mit deren Ehegatten ins kleine Lokal von der Reichshalle ein. Frau Lindemann, die Besitzerin, war mir als Mitglied des Festausschusses für das Organisieren der Betriebsfeste und Frühlingsbälle meiner Dienststelle gut bekannt. Die Anstalt buchte grundsätzlich die dortigen Räume. Von Kallis Kindern kamen schriftlich Absagen. Ingrid hatte durch die Blume alle ausgeladen mit der Begründung, unter den Geschwistern würde man sich nicht verstehen. Für meine Mutter und Kalli war das ganze höchst peinlich. Sie hatten es ständig vermieden, darüber zu reden und ich auch. Und nun ließ Ingrid die Bombe platzen. Keiner von ihnen hat wohl an meinen Sohn gedacht. Er war ja sowieso der „Balg". Ich musste die Feier in der Reichshalle absagen. Sie fand zu Hause statt. Ohne meine Schwestern und deren Anhang und auch ohne Kallis Kinder. Zur Feier kamen nur Freunde, Uschi und Wolfhard mit Tochter Alexandra, Harald und Marion mit Carsten, Peters Freund Heinzi, meine Mutter und Kalli und zwei befreundete Nachbarn mit ihren Kindern. Trotzdem waren es 18 Personen und es war ein schönes Fest. Nur der Bruch zu Kallis Kindern ließ sich nie mehr richtig kitten. Es stand immer etwas zwischen uns. Ich hielt es mit meiner engeren Verwandtschaft jetzt so, wie mein Cousin Hans-Otto es tat. Der mied auch alle familiären Zusammenkünfte und hielt sich aus allem raus. Er ist der Dritte im Bunde, der eine gescheiterte Ehe hinter sich hatte. Gesprächsstoff genug für neidvolles Tuscheln der Verwandtschaft, die nur eine Hochzeitsnacht erlebt hatten. Ich brauchte meine Schwestern nicht. Ich hatte Uschi, Marion, Wilfriede, Olaf. Sie waren alle mehr als nur Ersatz. Mit ihren Ehepartnern zusammen waren wir wie eine richtige große Familie, ohne Neid und Missgunst. Im Sommer trafen Uschi und ich uns morgens vor dem Dienst immer auf dem Großflecken/Ecke Lütjenstraße und klönten erst einmal eine Runde. Oftmals gesellten sich Bekannte dazu. Am Rathaus, Uschis Dienststelle, trennten wir uns dann. Ich musste ja noch ein wenig weiter.

Pitt und ich fuhren jedes Jahr zu unseren dänischen Freunden in die Nähe von Skagen. Sie waren Lehrer von Beruf und luden uns dazu ein, mehrmals an den Schulen Vorträge über das damals noch geteilte Deutschland zu halten. Pitt kannte den Osten, da er von dort stammte und konnte anschaulich darüber berichten. Ich erzählte unsere privaten Erlebnisse mit dem Auto auf den Transitwegen, den Schikanen an den Grenzen und über manche Risiken, die wir eingegangen waren. Einmal waren wir in Wismar bei seinem Onkel und seiner Tante zu Besuch. Ich schmuggelte von dort das Familiensilber in meinem langen Rotfuchsmantel versteckt an die Grenze. Unser Auto wurde total auseinandergenommen, uns wurde der Körper oberhalb der Kleidung abgeklopft. Meinen Pelzmantel öffnete ich hierfür mit den Händen tief in den Manteltaschen vergraben und ließ mich auch abklopfen. Das Besteck befand sich in den Verschlusskanten, wo die Pelzhaken angenäht waren. Die Grenzerin hat es nicht bemerkt. Pitt starb unterdessen mehrere Tode und konnte seine Befürchtungen nicht verbergen. Deshalb suchten sie bei ihm auch alles noch intensiver ab.

Wenn wir im Sommer in Dänemark an der Nordsee unser Gästehaus bezogen, kamen oft Freunde aus Neumünster für ein paar Tage zu Besuch. Wir genossen auf der Südterrasse den Geruch des Meeres, des Seetangs und wenn der Wind von See kam, war die Luft wie Seide, mit cremigem salzigem Sprühnebel anhaftend. Auch mieteten zwei befreundete Paare in der

Nähe Häuser und wir verbrachten den Urlaub mit ihnen zusammen. Es war traumhaft. Wir gingen alle zusammen auf Flohmärkte, fuhren gemeinsam nach Skagen, gingen Essen, bummelten in den schönen Städten herum und am Strand. Wir besuchten uns gegenseitig in den Häusern und hatten am Kaminfeuer bis spät in die Nacht anheimelnde Sommerabende. Auch fuhren wir alle per Schiff nach Schweden in das Land meiner Vorfahren. Wir Freundinnen konnten uns gar nicht satt sehen an den Arbeiten der Edelsteinschleifer, der Bernsteinschleifer, der Glasbläser und Keramiker.

Später wurden wir von den dänischen Schulen wieder eingeladen, um über die Wiedervereinigung zu berichten. Das interessierte die dänischen Kinder besonders und natürlich auch die Lehrer. Durch die vielen Dienstfahrten von Pitt und auch die mehr als 100 Privatbesuche in Berlin und Umgebung hatten wir beide viel Bildmaterial zusammen getragen. Torben befand sich kurz nach der Wiedervereinigung im Rahmen seiner Ausbildung bei der Luftwaffe für drei Monate in Amerika in Fort Bliss und erlebte dort die Reaktion der Amerikaner auf die veränderte Situation in Deutschland. Mit meiner dänischen Freundin Kirsten zusammen besuchte ich in Nordjütland bekannte Künstler in deren Ateliers, Galerien und auch privat. Ich erwarb einige Gemälde direkt vom Künstler. Ich erlebte mehrmals das Nordlicht, das grünlich schimmernd am dunklen Nachthimmel flimmernde Bahnen zog. Die Sonnenuntergänge, die wir von unserem Gästehaus auf der Düne über der Nordsee beobachteten, gehören zu den schönsten, die wir je gesehen haben. Ein Mitsommernachtsfest mit vielen Dänen war eines der Höhepunkte auf unseren Reisen in den Norden. Wir ließen während unseres Aufenthaltes im hohen Norden keine Flohmärkte aus. Es gab dort riesige. Sie fanden auf Feldern mit Kirmes und Würstchen und den berühmten belegten Broten der Dänen statt. Eine Vielfalt von Sachen, wie Möbel, Garderobe, Porzellan, Besteck und Gemälde machten das Finden von auserwählt seltenen Dingen recht schwierig.

Wir frönten beide dort auch unsere Hobbys. Ich malte und Pitt ging mit den Fischern Hochseeangeln oder fuhr an die zahlreichen Angelseen und Hafenmolen. Mit unseren Freunden aus Neumünster besuchten wir Konzerte in Neumünster, Hamburg Derby-Park Placido Domingo und Cecilia Bartoli, Berlin den Rosenkavalier und auch die drei Tenöre in Düsseldorf mit Marion und Harald zusammen. Es war schon eine überragende Faszination, ein Event mit mehr als 70.000 Gästen zu erleben. Luciano Pavarotti war für mich der Größte. Seine Stimme hatte alles. Sein traumhafter italienischer Charme, seine gefühlvolle Stimme und sein einnehmendes Lächeln nahm mich total gefangen. Pitt und ich gingen gerne Tanzen und wurden jedes Jahr zu großen Bällen von der Bundeswehr eingeladen. Ich nähte mir für jedes Fest ein neues Abendkleid. Natürlich meine eigene Kreation, womit ich auf Aufsehen erregte, bei Männern und Frauen.

Mit Freund und Kollege Olaf und seiner Frau besuchten wir gemeinsam für eine Woche Berlin und folgten den Spuren der Vergangenheit. Potsdam, Berlin Mitte, Regierungsgebäude, Museen, Flohmärkte, KDW und vieles mehr. Im Hotel Adlon nahmen wir den Nachmittagskaffee ein. Ein Klavierspieler versüßte uns die Stimmung. Es war schon ein Erlebnis; allein die Toiletten. Wie bei Fürstens. Das Personal war vornehm zurückhaltend. Die Preise auch speziell. Ich war die Einzige, die einen langen dunkelblauen Kaschmirmantel trug und kam somit in den Genuss, dass man mir diesen galant abnahm, einem Pagen übergab, der ihn dann wegbrachte. Die anderen mussten sich ihrer Garderoben selbst entledigen. Unser Freund beglich später die üppige Gesamtrechnung. So hatten wenigsten zwei von uns ein erhebendes Gefühl. Meinen Mantel musste ich auch nicht suchen, er kam wie von Geisterhand wieder zurück.

Als Torben seinen 16. Geburtstag hatte, klärte ich ihn über seine Herkunft auf. Er war total verständnisvoll und sagte zu mir: „Oh, das tut mir aber leid für dich, du hast ja viel durchmachen müssen. Ich habe nichts davon gemerkt!" Ein größeres Kompliment hätte mein Sohn mir nicht machen können. Ich war gerührt. Wir vereinbarten Stillschweigen darüber, dass er nun alles wusste, um festzustellen ob sich sein Verhalten verändern würde und Pitt etwas merkte. Als wir mal wieder mit Mutti und Kalli in Damp auf dem Campingplatz waren und das Gespräch auf Torben kam, meinte meine Mutter: „Ich habe schon richtig Angst vor dem Tag, wenn Torben die Wahrheit erfährt." Mein Göttergatte: „Ich auch.",„Ach, du Schreck! Das habe ich vergessen, zu erzählen. Er weiß es schon seit Jahren!" lachte ich herzhaft. „Ich kann eben Schweigen!"

Beruf und Berufung

Torben wurde einmal gefragt, was denn seine Eltern beruflich täten. Er war gerade in der pubertären Phase und sagte ganz ernst: „Meinen Vater kenne ich nicht und meine Mutter ist im Knast!" Als Kind wollte ich immer Friseurin werden. Die Mädchen und Frauen rochen immer gut und hatten tolle Frisuren. Außerdem sahen sie elegant aus, einfach schön. Später bei Cousin Werner auf dem Dachboden, wo man sich Geschichten erzählte, dichtete und Garderobe entwarf, kam der Gedanke auf, nach Paris der Mode wegen zu gehen. Die Stoffe in den 50ern waren bieder, langweilig mit kleinen Blümchen, Karos und Streifen. Grundfarbe oftmals weinrot – Armeleuterot. Kleider eng auf Taille geschnitten mit angekraustem Rock, kniebedeckt. Langer, enger Arm, Bubikragen mit weißer Faltenrüsche unterlegt. Die Schuhe dazu konnte man vergessen. Unsere Entwürfe waren Hosen, die eng nach unten verliefen und am Bund für die Frauen kleine Fältchen aufwiesen. Oberteile, wir nannten es nicht Blusen, mit V-Ausschnitt und ohne Ärmel. Große grafische Muster in den Farben schwarz, blau, weiß. Vielleicht noch eine Prise rot. Wie die Tapetenmuster, die wir beide entwarfen. Die gängigen Tapeten der 50er Jahre waren nicht gerade umwerfend. Braun und grau auf beigefarbenen Grund. Pril-Blüten-Aufkleber überall. Als wir dann anfingen, Häuser zu entwerfen mit viel Platz drinnen und draußen, war der Wunsch geboren Architektin zu werden. Innenausstatterin wäre auch nicht schlecht.

In der Schule wurde niemand speziell gefordert, was Berufswahl anging. Ich konnte sehr gut malen, zeichnen, handarbeiten und schreiben und konnte aus dem Stegreif Geschichten erzählen. Meine Deutschlehrerin Frau Wehnert auf der Realschule sagte mal zu mir: „Tu deinem Chef einen Gefallen und gehe nie in ein Büro! Das kannst du nämlich nicht!" Eine andere Lehrerin Fräulein Wein („Wer schaffen will, muss fröhlich sein.") so wollte sie stets begrüßt werden, meinte zu mir: „Geh' in die Politik. Du kannst Volksrednerin werden, dir fällt immer noch was ein. Dir geht der Stoff wohl nie aus." Oma Bertha meinte: „Geh' man ins Kontor, da sitzt du warm und trocken bei jedem Wetter." Papa war dagegen, dass ich Architektin werden wollte. „Da musst du auf den Bau und die Arbeiter dort sind nicht gerade zimperlich mit Mädchen." Weiter führte er es nicht aus.

Ich ging also ins Kontor. Das war 1961 für Mädchen das einzig Richtige. Da ich aber einen ausgeprägten Gerechtigkeitssinn hatte, bewarb ich mich bei einer Anwaltskanzlei auf dem Großflecken/Ecke Holstenstraße. Ich wurde gleich im ersten Anlauf eingestellt. Das ging mir fast zu schnell. Ausbildungsbeihilfe monatlich das erste Jahr 50 Mark, im zweiten Jahr 60 Mark und im dritten 70 Mark. Am 1. April 1961 stand ich morgens um 8 Uhr bekleidet mit einem engen khakifarbenen Rock, kniebedeckt, dazu ein selbstgestrickter fliederfarbener Mohairpullover, Perlons und schwarzen Pumps mit mittelhohem Absatz. Die Perlons hatte ich mit Zwiebelschale in heißem Wasser eingeweicht und dadurch dunkler gefärbt. Die gängigen Strümpfe waren zu hell und sahen aus wie „Hühnerbeine". Meine dunklen Haare trug ich halblang mit Seitenscheitel und Pony. Eine Mitstreiterin aus Einfeld hatte auch ihren ersten Tag. Sie war wesentlich kleiner als ich, blond, leicht pummelig, ein liebes Gesicht und nett. Wir wurden der Belegschaft vorgestellt. Da waren zwei Rechtsanwälte und Notare, der Bürovorsteher, ein Lehrling im 3. Lehrjahr und drei Damen, die bereits ausgelernt hatten. Eine in der Buchhaltung, eine für Notariat und die dritte für die anderen Aufgaben. Ein junger Referendar und ein Assessor. Meine Kollegin und ich lernten zuerst die Ablage kennen. Nebenbei durften wir Akten lesen, damit wir die Zusammenhänge verstehen. Teilweise wurde die Post Mandanten direkt zugestellt und außerdem jeden Tag der Gang zum Amtsgericht, um das Postfach der Anwälte zu leeren. Auch mal mit zum Gerichtstermin, dem Chef die Unterlagen für den Prozess zureichen. Nach Ende der Verhandlungen dem Chef sagen, wie gut er war und das seine Verteidigung spitze war. Er liebte es. Ich war bei Mandantengesprächen mit dabei, bei Vorbereitungen für Verträge über Haus- und Grundstückskäufe, bei Verlosungen der Volksbank Neumünster, Protokoll führen. Meine Steno-Kenntnisse waren gefragt. Ich lernte interessante Leute der Stadt und Umland kennen, wie auch Max Schmeling, als er Anfang der 60er die Holstenbrauerei übernahm. Durch den Kontakt zu höhergestellten Persönlichkeiten, aber auch zu Mandanten, die eine Straftat begangen hatten, entwickelte ich mit der Zeit ein Gespür dafür, wie man ihnen begegnet. Mein Selbstvertrauen wuchs. Mit 20 Jahren schloss ich erfolgreich die Ausbildung nach drei Jahren ab.

Drei Monate später wechselte ich den Beruf und fing bei einer Baugenossenschaft in Neumünster an. Es gab 200 Mark mehr monatlich gegenüber der Anwaltskanzlei, da waren es nur 300 Mark. Im Frühjahr 1965 bewarb ich mich beim Landesbauamt in Kiel. Eigentlich ein toller Job. Nur das Gehalt reichte nie. Kiel hatte zu viel zu bieten.

Im November 1965 suchte ich das Arbeitsamt in Neumünster auf und bekam dort drei Empfehlungen. Es regnete an diesem Tag und so entschloss ich mich, den kürzesten Weg zu gehen in meinem Kostüm, Pumps mit Regenschirm. Auf dem Kärtchen stand Strafgefängnis und Jugendstrafanstalt Neumünster. Das klang spannend. Ich wusste nicht, was mich dort erwarten würde. Ohne weiter darüber nachzudenken ging ich festen Schrittes dort hin. Ich kannte die Gebäude von außen, da ich des Öfteren mit meinem früheren Chef dem Anwalt zum Termin im Amtsgericht gewesen war und auch in den Gefängnishof blicken konnte. Mit Druck im Magen betrat ich das Pfortengebäude durch eine kleine Eisentür, die sich von dem großen Eisenportal separat öffnen ließ. Die Tür wurde sofort von innen wieder verschlossen. Hinter mir das geschlossene Portal und vor mir ein großes Gitter bis hoch zum Deckenrundbogen, der links und rechts die Pfortengebäude miteinander verband. Durch das vor mir liegende Gitter konnte ich auf den Innenhof des Gefängnisses blicken. Es war niemand zu sehen. Nur vergitterte Gebäude links, rechts und geradeaus. Ein Beamter in Uniform, schwarze Hose mit Biese, grüne Uniformjacke mit goldenen Tressen und verzierter Dienstmütze fragte mich verwundert anblickend, was ich denn wolle. „Ich will mich hier bewerben." „Haben sie sich das auch gut überlegt? Hier ist kein Nonnenkloster." Damit gab er mir gleich auf den Weg, dass das kein Ort für zarte Gemüter war. Er trug mich in das Pfortenbuch ein. Name, Uhrzeit, Anliegen. Dann begleitete mich ein Beamter, der zuvor telefonisch gerufen wurde, über den sogenannten Vorhof der Anstalt. Jetzt sah ich, dass die jeweiligen Gebäude mit Mauern und Eisentüren, oben drauf Stacheldraht, miteinander verbunden waren. Linker Hand das Gebäude, wo einst Hans Fallada einsaß und in seinem Roma „Wer einmal aus dem Blechnapf fraß" es beschrieb. Ich erkannte es.

Wir traten in das vor uns liegende kirchenähnliche Gebäude ein. Drei Steinstufen, eine schwere mit Eisen beschlagene Holztür ächzte beim Öffnen nach außen. Wie in einem Gruselfilm der Eingang zum Verlies. Drinnen grauer Steinfußboden, ein großes Eisenrost direkt hinter der Eingangstür. Etliche ausgetretene Steinstufen führten in die erste Etage. 18, ich hatte sie gezählt. Stabiles Holz-Treppengeländer. Dunkelroter Balatum, gebohnert und an beiden Seiten zu den Büros Schmierstreifen. 14 Türen. Der glatte Fußboden verursachte bei mir unsicheres Auftreten, was ich jetzt gar nicht gebrauchen konnte. Auf Pfennigabsätze waren sie hier wohl nicht eingestellt. Es roch nach Bohnerwachs und altem Gemäuer. Ein abgestandener penetranter Geruch hing überall in der Luft. Es war mir gleich, als wir das Gebäude betraten, aufgefallen. Nur, ich wusste da noch nicht, was es war.

Die 4. Tür auf der linken Seite wies auf einem kleinen Schild an der Wand neben dem Rahmen das Vorzimmer zum Vorstand aus, so war die dienstliche Bezeichnung für den Chef der Einrichtung. Im Vorzimmer, auch hier vergitterte Fenster, saß an einem großen dunklen Schreibtisch eine ältere Dame, mit großer Oberweite, einer rauchigen Stimme und forschem Ton. Sie stand auf, nachdem sie die Situation erkannt hatte. Sie warf den Kopf in den Nacken, so dass ihr graublondes mittellanges Haar sich nach hinten sortierte, und dann bewegte sich mit majestätischem Gang auf die rechte Tür zu, öffnete diese einen Spalt und schnarrte ein paar unverständliche Sätze in den anderen Raum hinein. Da war noch eine zweite Tür, die mit Leder englisch gepolstert war. Die Dame wich zurück und überließ dem Beamten und mir das Feld. Hinter einem großen antiken Schreibtisch hing auf einem dunklen Ledersessel mit Holzlehnen ein dicklicher Mensch im Anzug, mit wenig grauem Haar, leicht geschwollenen Augen und hängender Unterlippe. Alfred Hitchcock ließ grüßen.

Er erhob sich beschwerlich, schob sich förmlich vom Sessel mittels Hilfe seiner viel zu kurzen Arme hoch und reichte mir eine kleine Hand. Seine Stimme glich einem krächzenden Raben, seine Art nicht einladend: „Sie wollen hier anfangen? Was haben sie sich denn vorgestellt?" Nur nicht einschüchtern lassen. Ich hatte gelernt, abzuwarten. Nicht gleich zu antworten, als wolle man sich verteidigen. Freundlich stellte ich eine Ge-

genfrage: „Was haben sie anzubieten? Wie diese Behörde läuft kann ich mir als Außenstehende kaum vorstellen. Wahrscheinlich anders als beim Landesbauamt, wo ich herkomme." Ich durfte vor seinem Schreibtisch auf dem schwarzen hölzernen Besucherstuhl Platz nehmen, während der Beamte in korrekter Haltung stehend mit der Dienstmütze unter dem linken Arm etwa zwei Meter entfernt sich postierte. Das Gespräch mit dem Vorstand war im Nachhinein gut. Ich schilderte meinen Werdegang, wurde über mein Zuhause und Hobbys ausgefragt. Ich erzählte, dass ich gerne Fahrradtouren mit Freunden unternähme, künstlerisch unter Anleitung mehrerer Kunstmaler tätig sei, verschiedene Kurse an der Volkshochschule belegte, meine Garderobe selbst schneiderte und strickte. Außerdem würde ich leidenschaftlich gerne kochen. Ansonsten kaufte ich mir fortlaufend Bücher. Von früher hatte ich noch Enid Blyton Fünf Freunde und Hanni und Nanni, Astrid Lindgren Bücher, Hefte von Jerry Cotton, Agatha Christi, Fachbücher zur Malerei, Geschichtsbücher, 500 angesagte Frauenromane. Das kam gut an, weil man zu dem Job einen Ausgleich haben sollte. Der Personalchef – ein Grandseigneur der alten Garde – sehr gepflegt im hellgrauen Anzug, Krawatte, leicht gewelltem grauen Haar, wurde hinzu gebeten und nahm sich meiner an. Ich verabschiedete ich mich von dem Chef. Das erste Zimmer auf der anderen Flurseite war das des Personalchefs. Und wieder war da dieser Geruch. Eine ältere hagere Dame tippte auf einer alten mechanischen Adler Schreibmaschine den Dienstvertrag. Es wurde eine Versetzung mit Einverständnis des Landesbauamtes Kiel, das man telefonisch in Kenntnis setzte, und zwar schon zum 1. Januar 1966. Ich unterschrieb den Dienstvertrag als Bedienstete des Landes Schleswig-Holstein – Dienststelle Straf- und Jugendgefängnis Neumünster. Gehalt 660 Mark. Wieder mehr als beim letzten Job. Als ich mich verabschiedete, fragte ich ganz unverblümt nach diesem eigenartigen Geruch im Gebäude. Das käme von der Kleiderkammer, in der die Gefangenen umgekleidet, die Sachen desinfiziert und eingelagert wurden, bekam ich als Antwort. Nicht alle Inhaftierten kamen sauber in die Anstalt. Angst und Stress spielten auch eine Rolle bei der Geruchsmischung.

Ich kam schneller zu diesem Arbeitsplatz als die Jungfrau zum Kind. Gleich nach Neujahr nahm ich lang gestiefelt in einem warmen Winterkostüm in grau mit Pulli darunter und einem dunkelblauen Stoffmantel darüber den Dienst auf. Ich bemerkte, ich war overdressed. Die Blicke der Kollegen waren nicht zu übersehen. Einen Durchgangsschlüssel gab man mir noch nicht. Ich wurde jeden Tag von einem Kollegen abgeholt und ins Büro begleitet. Mir kam ein freundlicher Herr mittleren Alters im feinen Zwirn entgegen und begrüßte mich mit den Worten: „Herzlich willkommen. Ich bin ihr Abteilungsleiter Oberinspektor K." Er sah aus wie Rudolf Schock mit noch mehr Falten im Gesicht. Seine strahlenden offenen Augen verrieten mir, einen lebensbejahenden Menschen vor mir zu haben. Ich wurde nicht enttäuscht. Im Nebenraum, durch eine offene Tür verbunden, saß ein Beamter in Uniform und ein Angestellter in Zivil. Man nahm mich freundlich auf. Vielleicht deswegen, weil ich gut und schnell tippen konnte.

Mein Arbeitsplatz war gegenüber dem Oberinspektor an einem großen alten Holztisch, ziemlich ramponiert und davor ein Brettstuhl. Vor beiden sich gegenüber befindlichen Schreibtische ein hoher Tresen mit inliegenden Fächern. Eine alte Adler Schreibmaschine stand rechts auf einem Regal vor dem vergitterten Doppelfenster. Im Regal befanden sich haufenweise Schreibmaschinenpapier, Kohlepapier und selbstgefertigte Formulare. Die Wände waren mit Musterwalzen braun auf weißem Grund gestrichen. Tapeten gab es hier nicht. Nackte Wände. Der Fußboden braunroter gebohnerter Balatum. Unter den jeweiligen Tischen lag eine alte Rosshaarmatte gegen kalte Füße. Ich dachte, für den Stuhl werde ich mir ein anständig gepolstertes Kissen nähen, zum Anbinden. Der Raum wirkte groß, 25 Quadratmeter, zwei vergitterte Fenster, in der Mitte ein Rundbogen, der die gewölbten hohen Decken voneinander trennte. Die Wände voll gestellt mit Regalen, wo Gefangenenpersonalakten und Formulare aufbewahrt wurden. Und hier auch wieder dieser Geruch. Die Räume in der Verwaltung glichen denen der Zellen in den Zellenhäusern. Die Fenster dort waren kleiner und die Zellen nur halb so groß. Sie waren für drei Mann eingerichtet. Diese Konstellation hielt man für angebracht, damit sich unter den Männern kein Liebespaar bilden konnte. Die Fenster meines Büros lagen zur Nordseite, man sah auf einen Innenhof, wo eine grüne Baracke stand. Dort wurden von den Gefangenen Paletten gefertigt für eine außenstehende Firma.

Oftmals habe ich mit einigen Kollegen dort nach Feierabend Tischtennis gespielt. Um den Innenhof herum lagen die Zellenhäuser und meinem Büro gegenüber weit entfernt die Anstaltsküche und Bäckerei. Rechts davon die Anstaltswäscherei und oben drüber die Tischlerei. Ich wurde in die Geheimnisse der Aktenablage eingeweiht. Das war überall gleich, wenn man in einem Büro anfängt. Eine sehr ungeliebte Tätigkeit. Kleine Schreibarbeiten, Fertigen von Gutachten des Anstaltsarztes Obermedizinalrat Dr. R. und Briefe des Anstaltspfarrers an die Angehörigen der Gefangenen schreiben. Den halben Tag war ich im Lazarett tätig. Zugangsgespräche protokollieren mit dem Anstaltsvorstand Oberregierungsrat F., Protokoll führen beim Verhör durch den Polizeiinspektor oder durch Richter und Staatsanwälte.

Der Ton gegenüber den Gefangenen war befremdlich. Früher waren diese Männer teilweise Mandanten von meinem Rechtsanwalt gewesen. Da war man höflicher zu ihnen. An regelmäßigen Schießübungen in Boostedt nahm ich auch teil. Es stand in meinem Dienstausweis, eine Schusswaffe während des Dienstes, bei Bedarf und auf Anordnung tragen zu dürfen. Der Alltag hinter Gittern war nicht einfach. Für die Kollegen war ich als Fräulein ein gefundenes Fressen und ein ersehnte Abwechselung. Das Büro hatte manchmal die Anmutung einer Wärmehalle, es standen zu viele Männer dumm rum. Ständig war ich verbalen Beleidigungen ausgesetzt, musste mich gegen Anschleimen und Streicheleinheiten zur Wehr setzen. Da ich mit Jungens groß geworden war, wusste ich mich zu wehren. Frauen waren für manche Männer zu dieser Zeit immer noch Freiwild. Sie kritisierten mich ständig und meinten: „Mein Mädel dürfte so einen Beruf nicht ergreifen". „Was heißt hier Mädel? Sie haben sie doch bestimmt schon zur Frau gemacht! Mädel, das dürfte kein Mann zu mir sagen", entgegnete ich bösartig. Manches Mal verteilte ich knallharte Schwinger oder Kinnhaken ohne vorherige Ansage, wenn man mich sexuell berührte. Ich wollte nicht zum Freiwild werden. Mein Abteilungsleiter fand das auch nicht tragbar, es war schon hart an der Grenze. Ich fürchtete um meinen Arbeitsplatz. So ein Benehmen ist mir im Landesbauamt Kiel nicht untergekommen. Einmal fasste ein Kollege mir von hinten zwischen die Beine, als ich mich vor der Regalwand hinhockte, um aus der unteren Reihe eine

Gefangenenpersonalakte herauszuziehen. Ich stand auf und sagte zu meinem Abteilungsleiter: „Können sie mal bitte zusehen, wenn Herr Sowieso mir zwischen die Beine greift, wenn ich da unten vor dem Schrank hocke." Der Kollege verließ mit hochrotem Kopf den Raum. Er tat es nie wieder. Das machte natürlich die Runde. Von da an hatte ich Ruhe. Ich ließ mir nichts gefallen.

Ich interessierte mich für alles in der Verwaltung. Als ich die Koordination des Gefangenentransportes übernahm, wurden die anderen Anstalten im Land für mich auch interessant. Schließlich wollte ich wissen, wer die Kollegen waren, mit denen ich mich telefonisch abstimmte, wenn ein Transport außer der Reihe geplant werden musste. Es war wie im Reisebüro. Es gab eine Landkarte mit den einzelnen Gefängnissen und Streckenführungen. Natürlich ging die Reise nicht in einem durch, sondern über mehrere Anstalten, wo die Gefangenen gesammelt wurden und übernachteten, darum der Begriff Sammeltransport. Es gab auch Einzeltransport, die so genannte Direktvorführung. Dann mussten Listen geschrieben werden, damit alle Abteilungen im Hause davon Kenntnis erhielten. Einmal durfte ich mit dem großen Gefangenentransportwagen (GTW) mitfahren. Ich saß mit den Transport begleitenden uniformierten Kollegen vorne im Führerhaus. Wir hatten in den einzelnen Zellen innerhalb des Transportwagens viele Gefangene an Bord. Eine war noch frei. Da musste ich rein, als der Bus in die Schleuse der Untersuchungshaftanstalt in Hamburg einfuhr. Ich musste mich hinhocken, damit der bewaffnete Beamte auf dem Aussichtsturm mich nicht entdeckte. Ich war nämlich nicht angemeldet. Auf dem Innenhof der Anstalt konnte ich dann aussteigen und mit den Kollegen das Innere des Gebäudes betreten. Hier ebenfalls derselbe Knastgeruch. Daran musste ich mich gewöhnen. Ich hatte im Aufenthaltsraum zu warten. Als alle Gefangenen übergeben waren und Mittagessen ausgeteilt wurde, ging ich mit den Neumünsteraner Kollegen in den Aufenthaltsraum des Zentralkrankenhauses der Gefängnisbehörde Hamburg, wo die Kollegen essen konnten. Es war das Gleiche, was auch die Gefangenen bekamen.

Ich kannte dieses Essen, weil ich oftmals in Neumünster Essenprobe machte, wenn keiner der Kollegen Appetit darauf hatte. Nach dem Mittagessen luden wir die für Schleswig-Holstein angekündigten Gefangenen ein und fuhren wieder ab. Ich musste mich erneut verstecken. Es war enorm interessant gewesen. Ich besuchte noch die Lübecker Anstalt, als dort der Justizminister Heiko Hoffmann eingeladen hatte. Auch lernte ich die Anstalt Kiel und Flensburg kennen und die frühere Jugendarrestanstalt in Rendsburg.

Nach einigen Monaten war mir diese Tätigkeit zu wenig. Ich wollte weg vom Schreibdienst und lieber als Verwaltungsangestellte einen neuen Dienstvertrag, wie die männlichen Kollegen, erhalten. Beamtin zu werden, hatte man mir versagt. Das war für Frauen im Männervollzug nicht üblich. Wo war da die Gleichstellung? Sie war bereits 1949/1956 im Grundgesetz verankert. Ich erfuhr, dass eine Planstelle eines Verwaltungsangestellten frei wurde und bewarb mich. Ich wurde angenommen. Damit war ich die erste weibliche Anstellte im Strafgefängnis von Neumünster. Die anderen Frauen waren alles Schreibkräfte. Die Aufgaben stiegen, auch das Gehalt. Ich bekam meinen eigenen Durchgangsschlüssel. Und einen fürs Klo. Es wurde alles immer zweimal abgeschlossen. In der Verwaltung hatte man in jedem Gebäude die üblichen Spültoiletten. In den Zellenhäusern jedoch einen „Goldeimer". Wenn diese jeweils wöchentlich abgeholt wurden, stank die Anstalt bestialisch, als wäre eine Klärgrube explodiert. Das war kaum zu ertragen. Ich hielt durch, denn ich wollte den Job behalten.

Ich saß jetzt ständig in der Aufnahme von Gefangenen. Die wurden entweder durch die Polizei, durch das Gericht gebracht oder stellten sich an der Pforte selbst. Das erste Gespräch mit ihnen machte jetzt ich. Persönliche Daten waren abzufragen, Vorstrafen festzustellen, Personenbeschreibung und Foto. Ich schlug, je nach Gefangenen, den passenden Ton an. Mit dem Eierdieb konnte man nicht so reden wie mit einem Politiker. Mit einem Zuhälter nicht wie mit einem Betrüger. Ich versuchte zu jedem, höflich zu sein. Ich hatte kaum Probleme. Zu meinen Aufgaben zählte das Führen der Gefangenenpersonalakten, Strafzeitberechnungen. Die waren zeitraubend. Es ging konkret nach Kalendertagen, alles an den Fingern abzählen. Kurze Strafen bis zu sieben Tagen nach Stunden. Das Schaltjahr durfte man auch nicht vergessen. Taschenrechner versagten hier. Die anzurechnende Untersuchungshaft wurde von der Gesamtsumme in Tagen rückwärts abgerechnet. Natürlich behielt ich auch den Gefangenentransport. Zum Vervielfältigen der Formulare stand ein Umkehrabzugsapparat im Raum. Die Daten wurden auf Matrizen mit Blau unterlegt getippt und dann im Umkehrverfahren über eine Walze auf das eingeschobene Formular gedruckt. Das war ein Schweinkram. Ich hatte stets die Hände blau, manchmal auch die Kleidung.

Mein oberster Dienstherr war damals der Generalstaatsanwalt Dr. N. und sein Kofferträger Ministerialrat L. und natürlich „Alfred Hitchcock". Alle waren mir nicht sympathisch. Ziemlich von oben herab. Herrschaftsdenken und Handeln. Der Anstaltsvorstand ließ sich immer die Türen von den Bediensteten öffnen. Alle mussten vom Schreibtisch aufstehen, wenn er ins Zimmer trat. Einer rannte dann gleich zur Tür, damit, wenn er wieder den Raum verlassen wollte, die Tür für ihn geöffnet wurde. Er war früher Zuchthausdirektor in Rendsburg, überzeugter Nationalsozialist und Mitarbeiter des Sicherheitsdienstes (SD) gewesen. Sein Vorname Adolf. Sein Nachname fing mit F an, er schrieb seinen Anfangsbuchstaben wie ein Hakenkreuz. Er lehnte viele Gnadengesuche ab. Nach dem Krieg wurde er entnazifiziert, was er oft betonte. Eine Abhandlung seiner Tätigkeiten findet man mit Namen in dem Buch „Vor 50 Jahren NORWEGEN" - Gefangene in Schleswig-Holstein – Herausgeber Stadt Rendsburg.

Früher wurde innerhalb des Kollegenkreises viel und gern gefeiert. Jeder lud mal jeden ein. Meine Abteilung mit unserem Oberinspektor K, zwei Kollegen des mittleren Dienstes und zwei aus dem Vollzugsdienst, natürlich Oberregierungsrat F. und ich waren bei einem Kollegen in seinem Haus in Tungendorf eingeladen. Es war eine kleine vorweihnachtliche Feier. Zu vorgerückter Stunde bestellten wir ein Taxi. Unser Boss wollte nach Hause. Er bestimmte, wer mit seinem Taxi mitfuhr. Er saß vorne, Oberinspektor K. und Kollege M. vom Vollzugsdienst und ich in der Mitte hinten. Von dem Gastgeber hatte ich eine Schale mit Kakteen geschenkt bekommen. Was das sollte, konnte ich mir nicht erklären. Auf der Fahrt nach Hause in Richtung Gefängnis griff der Chef nach hinten und versuchte mir ans Knie zu tatschen. Jetzt kam die Kakteenschale zum Einsatz. Ich reichlich mutig, schob diese in Richtung seiner Hand. Er griff hinein. Er konnte keinen Spaß vertragen. Er fluchte und zog voller Panik Stacheln aus seiner Hand. Wir haben uns gebogen vor Lachen. Am Vorstandshaus angekommen, musste ich den Chef noch bis an die Tür begleiten. Er befahl es mir. Auf den Stufen zur Tür lud er mich noch zu einer Tasse Kaffee ein. Ich sagte ganz ruhig: „Das geht nicht, ich muss morgen früh raus. Und was soll dann mein Chef von mir denken!" Er flippte fast aus und schimpfte mir hinterher: „Sie haben es wohl nicht gelernt, wie man sich seinem Chef gegenüber verhält." Den Rest seiner Schimpftirade habe ich nicht mehr verstanden. Am nächsten Tag machte diese Episode die Runde. Er hatte es selbst seiner Vorzimmerdame erzählt, die gleich zu mir ins Büro kam und mich noch tadelte.

Er war der geborene Kerkermeister! Ende 1968 ging er in den Ruhestand. Ich glaube, kaum einer hat ihn je vermisst. Es folgte ein Mensch! Er war über 1,90 m groß, schlank und ursprünglich Staatsanwalt. Sein einnehmendes Wesen, sein offenes und freundliches Wort, seine Zeit für uns und für die Gefangenen und sein soziales Verständnis kam bei fast allen Bediensteten und Gefangenen gut an. Er war ein begnadeter Redner, der alle in seinen Bann zog. Natürlich gab es auch hier Gegenspieler. 1974, als die Regierung in Bonn wechselte, wurden fast 2/3 der Gefangenen entlassen oder begnadigt.

Im Rahmen meiner Möglichkeiten als Verwaltungsangestellte des mittleren Verwaltungsdienstes entwickelte ich Vereinfachungen und Verbesserungen zur Abwicklung des täglichen Arbeitsablaufes und machte hierfür Vorschläge. Es sollte vieles dynamischer und schneller von der Hand gehen. Da waren die neu gestalteten Vordrucke. Für Wand und Decke andere Farben und Tapeten. Vorhänge und wegen des Lärmschutzes und Teppichböden zur Verhinderung von Unfällen. Elektrische Schreibmaschinen wurden angeschafft nach eingehender Prüfung vom Ministerium. Vieles wurde einfacher, als der Generalstaatsanwalt in Schleswig nicht mehr für die Justizvollzugsanstalten – so wurden die Gefängnisse jetzt genannt – zuständig war. Oberster Dienstherr wurde das Justizministerium in Kiel mit dem Justizminister. Bei meinem Dienstantritt waren in der Anstalt nur drei Frauen beschäftigt. Viel später steigerte sich die Zahl auf 40 weibliche Angestellte und Beamtinnen.

Es begann auch eine neue Zeitrechnung für die Strafzeit. Bei guter Führung konnten sie nach Verbüßung von 2/3 oder ½ unter besonderer Prüfung der Gnadenabteilung beim Landgericht vorzeitig aus der Haft unter Bewährungsauflagen entlassen werden. In den 60er Jahren waren bis zu 1.000 Gefangene an Bord, dagegen 90 Bedienstete. Anfang der 70er waren etwa 250 bis 300 Gefangene in den Zellen. Umbaumaßnahmen standen an. Es gab auch neue Uniformen, schlicht grau, ohne Abzeichen. „Der Gasmann kommt,", hieß es immer. Einmannzellen wurden eingerichtet mit je einer richtigen Toilette. Die Kollegen, die noch nicht lange Bedienstete waren, wie auch ich, mussten befürchten, entlassen zu werden, da die Arbeit zu wenig geworden war. Aber es dauerte nicht allzu lange, bis sich die Gefängnisse wieder füllten. Viele überdauerten die Bewährungszeit nicht und neue kamen hinzu. Die Arbeit wurde mehr und vielfältiger. Durch die zeitaufwendigen Strafzeitberechnungen war der Arbeitstag manchmal viel zu kurz. Auch hatte ich die Aufgabe, wenn Frauen ihre Zuhälter besuchten, die in Untersuchungshaft einsaßen, und ihnen Sachen mitbrachten, diese durchzusehen im Beisein der Damen. War amüsant. Auch sie musste ich von oben bis unten abtasten.

Nach dem Abitur meines Sohnes hatte ich Zeit und Muße, um auf Lehrgänge zu gehen. 1989 wurde ich zur ersten Gleichstellungsbeauftragten dieser Behörde gewählt. Ein Kollege meinte dazu: „Man habe den einzigen Mann der Anstalt gewählt!" War das nun Anerkennung? Blaustrumpf war noch das Netteste, was den Männern einfiel. Jetzt wurden wir Frauen mit den Behinderten auf eine Stufe gestellt, wir erhielten eine Quote. Ich nahm es hin. Diese Äußerungen war ich gewohnt. Schließlich hatte ich es hier mit Machos, Proleten, arroganten Sonderlingen und Spießern zu tun, vor und hinter dem Gitter. Es gab auch wohltuende Ausnahmen. Beharrlichkeit führt zum Ziel und ich hatte ein Ziel. Im Rahmen der Gleichstellung wurden jetzt auch Frauen für den Vollzugsdienst zugelassen. Ich nahm an Einstellungsgesprächen teil, an Personalratssitzungen und nahm somit Einfluss auf Einstellungen, ob Mann oder Frau. Durch zahlreiche Seminare im Justizministerium wie Menschenführung in Leck bei Prof. Rohner in Rhetorik, Erzählungen, freie Rede und Debatte, bei einer Trainerin für Firmenmanager „Keine Angst vor BIG BOSS" konnte ich meine Frauen besser vertreten.

Auch interessante und aufschlussreiche Seminare in der Justizvollzugsschule in Schleswig und Neumünster im Beisein von Vertretern des Ministeriums, Anstaltsleitern der einzelnen schleswig-holsteinischen Anstalten und Vollzugsleitern dieser Behörden erweiterten meinen Horizont. Ich hatte das Vergnügen etliche Justizminister des Landes persönlich kennenzulernen. Meine Urkunde zum 40-jährigen Dienstjubiläum hat die Ministerpräsidentin Heide Simonis persönlich unterschrieben. Anfangs trug ich noch Kostüme oder Kleider, doch seit Jahren nur noch Anzüge oder sportliche Pullover und Blusen zu den Hosen. Die Pumps wurden für die Freizeit eingemottet. Im Dienst waren Stiefel oder Stiefeletten passender. Der Schritt war fester. Auch praktischer, wenn ich in die Zellenhäuser musste oder über die Anstaltshöfe oder in die Werkstätten. Es waren immer sehr viele offene Treppen zu meistern, da war festes Schuhzeug angesagt. Die Büroflure waren inzwischen mit rutschfesten Platten ausgelegt, die nur noch gewischt werden mussten.

Ich habe viele Abgründe menschlichen Denkens und Handelns erlebt. War mehrmals Angriffen ausgesetzt worden. Hatte Polizeischutz auf dem Nachhauseweg. Ich wurde von einem verwirrten entlassenen Sittenstrolch verfolgt, der sich in mich verliebt hatte während der Haftzeit. Ich machte ihm deutlich klar, dass er verschwinden sollte. Er ließ aber nicht von mir ab und verfolgte mich, wohin ich auch ging. Ich kaufte mir bei Waffen Meihs eine Schreckschusspistole und trug diese ständig in meiner Jacken- oder Manteltasche bei mir. Im Dienst musste ich sie im Waffenschrank an der Pforte hinterlegen. Ich informierte meine Dienststelle und diese die Polizei. Ich musste dort anrufen, wenn ich den Dienstweg von zu Haus per Rad antrat und wenn ich wieder nach Hause fuhr.

Pitt und Torben bekamen nichts davon mit. Die Waffe verwahrte ich nachts in meinem Bettkasten auf. Einmal auf meinem Nachhauseweg verfolgte er mich mit einem Fahrrad und einem Messer in der Hand. Ich legte einen Zahn zu und raste bis zur Polizeiwache in der Parkstraße. Schmiss mein Fahrrad einfach an die Hauswand und rannte durch die Wache nach oben. Dort kannte ich einen der Polizeibeamten durch den täglichen Dienst. Diesem Kollegen erklärte ich die Situation und der griff sich mit zwei Männern den Ex-Häftling und schleppte ihn in ein Nebenzimmer. Es folgten Vernehmungen, Telefonate mit der Staatsanwaltschaft, mit dem zuständigen Richter. Aber keiner wollte einen Haftbefehl erlassen. Es war ja noch nichts passiert. Der befreundete Polizist ordnete eine Fahrt im Polizeiwagen für den Verfolger bis zu seinem Heimatort in Nordfriesland an und eine Verfügung, dass er nicht über den Nord-Ostsee-Kanal fahren dürfte, dann würde er verhaftet werden. Es war alles ein bisschen haarsträubend, aber es klappte. Ich sah ihn nie wieder. Zu Hause hatte ich meine Verspätung mit einem Stadtbummel entschuldigt. Mein Mann sollte sich auch künftig keine Sorgen machen müssen. Er musste sich ja täglich als Busfahrer auf den Straßenverkehr konzentrieren und ich wollte nicht Schuld daran haben, wenn etwas passieren würde.

Ich erlebte Bombendrohungen und Hubschraubereinsätze wegen der „Pinzner Morde", sah Udo Lindenberg, als er Ende der 60er Jahre seinen Steuerberater in der Anstalt besuchte. Lernte Rechtsanwalt Bossi aus München kennen. Eine Erscheinung mit einem unglaublichen Charisma. Beobachtete das SEK und den Geheimdienst bei Einsätzen innerhalb der Mauern nach dem 11. September 2001 und Einsätze der Drogenfahndung innerhalb der Zellenhäuser. Durch das Aufstellen von Computern auf allen Arbeitsplätzen wurde die tägliche Arbeit wesentlich leichter. Man vertrödelte nicht mehr so viel Zeit für die Berechnungen der Strafzeit. Das machte alles der Computer, sofern man ihn richtig fütterte. Der Abzugsapparat hatte auch ausgedient, drucken war das Zauberwort. Die Arbeit wurde dadurch aber nicht weniger. Für die Gefangenen wurde mehr Zeit investiert, für Gutachten, Beurteilungen oder Urlaubsgewährung.

Im Nachhinein war ich auf dem richtigen Platz. Man vertraute mir Vertretungen auch in der Jugendstrafanstalt an. Ich hatte nie Albträume, keine Angst und war meistens gut drauf. Mir brachte der Dienst viel Spaß. Es gab jeden Tag etwas anderes, was man am Vortage sich noch nicht hätte vorstellen können. Es war nie langweilig. Jeder Tag war eine Herausforderung. Als Gleichstellungsbeauftragte verbrachte ich mit einer Kollegin vom sozialen Dienst einen Tag in der gesonderten geschlossenen Abteilung für Abschiebehäftlinge. Sprach mit ihnen und beaufsichtige sie mit den Kollegen vom Vollzugsdienst auf dem Freistundenhof. Der Tag war nicht angstfrei. Er war beklemmend, weil man nicht wusste, wie die Männer dachten. Ich kam mir vor, wie in einem Hundezwinger mit unberechenbaren Tieren. Auch begleitete ich mit Kollegen des

Vollzugsdienstes, Besichtigungsgruppen von Polizei und anderen Behörden durch die Anstalt. Es brachte mir Spaß, über die Arbeit zu berichten. Als ich dort eingestellt wurde, waren es etwa 1000 Gefangene gegenüber 90 Bediensteten. Es war ein reiner Einschließungsvollzug mit wenig Arbeit für Häftlinge. Tüten kleben, Zinnfiguren anmalen, Netze knüpfen, Schmiedearbeiten, Paletten bauen, Schuhe besohlen und Polsterarbeiten. Täglich eine Stunde Rundgang in einem Meter Abstand voneinander auf dem Innenhof. Türme an jeder Ecke der hohen mit Stacheldraht bestückten Mauer. Die Türme waren besetzt mit bewaffneten Beamten. Die Mauer wurde im Laufe der Jahre wesentlich erhöht, die Türme entfernt und alles mit NATO-Draht gesichert. Seit dem sind die Ausbrüche stark zurückgegangen. Viele Gefangene laufen frei über die Höfe. Es gibt Ausbildungsstellen wie Koch, Kellner, Bäcker, Tischler, Schlosser, Schweißer oder Elektriker. Schulabschlüsse können auch gemacht werden. Und es gibt das Freigängerhaus außerhalb der Mauer. Die Gefangenenzahl hat sich enorm reduziert, da es nicht mehr die einfachen Haftstrafen gibt. Die Zahl der Bediensteten hat sich auf 300 bis 400 und mehr erhöht. Die Arbeit am Mann erfordert eben mehr Personal. Es gab auch wieder neue Uniformen: nachtblau für die Damen und Herren. Ähnlich die der schwarzen Sheriffs.

Es ist noch nicht das Ende

Wir saßen zusammen in der Notaufnahme des Krankenhauses mit Mutter. Es war still, wir warteten. In einem der zahlreichen Zimmer kämpfte man um das Leben des Vaters und Ehemannes Harm. Mutti war mit Papa zusammen im Rettungswagen eingetroffen. Zuvor hatte sie bei uns angerufen. „Ich fahre jetzt ins Krankenhaus, Papa hatte einen Infarkt.", hatte sie ruhig ins Telefon geflüstert. Ich wusch gerade meine Haare, die jetzt nass herunterhingen und tropften. Ich wickelte mir ein Handtuch um den Kopf und zog eine Jacke über. Normalerweise würde ich niemals auf die Straße gehen, ohne meine Garderobe und mein Aussehen zu kontrollieren. Jetzt war alles egal. Pitt holte die Autoschlüssel und sagte unserem kleinen Sohn Bescheid, dass Opa im Krankenhaus liegt. Torben war achteinhalb Jahre alt, ziemlich selbständig und verlässlich für sein Alter. Er lag schon im Bett. Er ging gerne früh ins Bett um vielleicht noch zu lesen oder fernzusehen. Er hatte von seinem Opa einen kleinen Fernseher bekommen. Es war der Abend des 21. April 1976, drei Tage vor Papas 60. Geburtstag.

Plötzlich sagte Mutti zu mir: „Könnt ihr bei Roberta vorbeifahren, um Bescheid zu geben?" Ich lehnte ab. „Wir bleiben jetzt hier. Wir lassen dich doch nicht allein!" Roberta und ihr Mann wohnten auf der Haartkoppel und hatten kein Telefon. Die beiden wollten normalerweise von der Familie nicht belästigt werden. Ohne Voranmeldung durfte man sie nicht besuchen. Das Warten auf dem Krankenhausflur wurde unerträglich. Warum dauerte das so lange? Pitt stand auf und ging nervös hin und her. „Die Kleine konnte ich auch nicht erreichen", durchbrach Mutti dieses Mal die Stille. Sie meinte Ingrid, meine jüngste Schwester.

Da saß nun diese kleine Frau mit den graubraunen kurz gelockten Haaren, nach außen schien sie völlig ruhig, doch ihre ständig ineinander reibenden Hände verrieten anderes. Ihre von Natur aus schmalen Lippen nach innen gezogen, den Blick leer und auch unsicher. Die kleinen Füße in den Gesundheitsschuhen ständig nervös hin und her schubbernd auf dem PVC-Boden des Aufenthaltsraumes. Sie trug einen leichten Mantel in burgunderrot und dazu einen passenden Seidenschal in rosa gemustert. Den vergaß sie nie. Es schien Stunden zu dauern. Meine Haare waren inzwischen trocken. Plötzlich stand ein junger Arzt in der Tür. Er reichte meiner Mutter die Hand und meinte ohne nähere Erklärung: „Es tut mir so leid. Wir haben alles getan, was wir tun konnten. Es ist schön, dass ihre Kinder da sind. So sind sie nicht allein. Ich wünsche ihnen viel Kraft und alles Gute. Es wäre gut, wenn morgen jemand hier im Krankenhaus vorbei käme, um die privaten Sachen abzuholen. Wir stellen alles zusammen. Alles Gute." Er drückte uns allen wortlos die Hand und ging dann. Da standen wir nun. Keiner sagte ein Wort, niemand weinte, wir waren zu schockiert. „Wo willst du nun hin?" fragte ich meine Mutter. „Zu Ingrid. Nicht zu mir nach Hause!" Wir fuhren in Richtung Ehndorf. Mutti saß hinten im Wagen und war wie versteinert. Pitt und ich waren auch stumm und lieferten die Mutter bei Ingrid und Hardy ab. Sie wohnten bei den Eltern von Hardy oben im Haus und waren seit 1972 verheiratet. Ingrid reagierte schockiert und wurde blass, als wir von Papas Tod berichteten. Sie erschien mir noch schmaler und gebückter als sonst. Ihr blasser Teint und die Erscheinung ihres schmalen flachen Körpers gaben eine kindliche Figur ab. Irgendwie fiel es mir in diesem Moment besonders gravierend auf. Ihre Haare hingen strähnig herab. Er müsste auch mal wieder zum Friseur. Wieso beachtete ich jetzt seine Haare? Sie waren zu lang, zu zottelig und die ungleichen Koteletten zu auffällig. Wir sprachen noch kurz miteinander. Keine Umarmung. Keine tröstenden Worte. Wir kannten es einfach nicht. Pitt und ich hatten nun die schwierige Aufgabe, zu Roberta zu fahren. Es war schon nach 23 Uhr. Mir war mulmig und ich hatte ein ungutes Gefühl in der Magengegend. Seit Monaten hatten wir keinen Kontakt zu zueinander gehabt, seit ich vor versammelter Verwandtschaft von ihr fertig gemacht worden war. Und Papa daraufhin „Bärda Marie" und Familie von der Feier ausschloss. Die Eingangstür zum Wohnblock war nicht verschlossen. In dem kalt wirkenden Treppenhaus hing noch der abgestandene Geruch vom Mittagessen. Mein Magen drehte sich und mein Herz fing an, zu rasen. Mit zittrigen Fingern klingelte ich an der Wohnungstür. Es brannte Licht. Mir war eiskalt. „Wer ist da?, schallte es vorwurfsvoll hinter der Tür. „Deine Schwester", antwortete ich. „Was willst du denn um diese Zeit noch hier?" Der Ton wurde pöbelhaft. „Tangotanzen nicht! Dein Vater ist tot!" Pitt und ich wollten gerade wieder gehen, als der Schlüssel im Türschloss gedreht wurde. Roberta öffnete die Tür einen Spalt, bekleidet mit einem rosafarbenen verwaschenen Baumwollnachthemd und Lockenwicklern im Haar, er im gestreiften Pyjama. Wir wurden in die uns unbekannte Wohnung reingebeten. Die Möbel waren die Gleichen, wie in der vorherigen Wohnung. Einfach und bieder. Eine mehrstrahlige Deckenleuchte erhellte den Raum und zauberte platte Schatten auf das aus Afrika mitgebrachte Tierfell. Vor dem großen Fenster und der Balkontür waren die Rollos runtergelassen und von faden Vorhängen umrahmt. „Ich muss erst einmal einen Cognac haben", sagte Roberta und verschwand in der Küche. Sie kam mit einer Flasche wieder, holte Gläser aus der Schrankwand und stellte alles auf den Tisch, der vor der Couch an der langen Wand gegenüber dem Schrank stand. Pitt und ich lehnten ab. Natürlich gab es Vorwürfe: „Warum habt ihr uns nicht dazu geholt?" Roberta weinte. „Ich habe Papa ja so lange nicht mehr gesehen." Es berührte mich nicht. Auch nicht in diesem besonderen Moment. Zuviel war zwischen uns geschehen. Etwas in mir war schon vor langer Zeit zerbrochen. Alfred saß teilnahmslos da in seinem Sessel. Wir verabschiedeten uns bald, denn Torben wartete allein. Wieder keine Geste der Zusammengehörigkeit, des beiderseitigen Tröstens. Man gab sich zum Abschied die Hand. Roberta wie gewohnt nur die Fingerspitzen und den Blick in eine andere Richtung. Sie konnte mir nie in die Augen sehen.

Torben schlief schon fest in seinem Bett, als wir zu Hause ankamen und wir wollten ihn nicht wecken. Am Morgen, wenn es hell ist, würde er es besser ertragen können, wünschte ich mir. Ich konnte nicht schlafen. Zuviel arbeitete in meinem Kopf. Was muss man alles bedenken? Pitt war bereits zu Bett gegangen und schlief. Ich dachte, ich hätte alles im Griff. Mein Puls war langsam, ich zitterte nicht mehr. Doch mein Körper machte nicht mit. Ich bekam entsetzliche Unterleibskrämpfe und kräftige Regelblutungen. Am frühen Morgen rief ich meinen Hausarzt an und fragte, was ich dagegen machen könnte. Er riet mir, die doppelte Antibaby-Pille einzunehmen. Dann würde es weniger werden. Ich duschte mich und zog mich an wie an jedem Tag, als würde ich zum Dienst gehen. Dunkelblaue Hose, weißes Blusenhemd, blauer Blazer, Stiefeletten. Ich weckte Torben und versuchte ihm schonend beizubringen, dass sein Opa letzte Nacht verstorben ist. Er nahm es mit Fassung auf und wollte trotzdem zur Schule. Er wollte mit seinen Klassenkameraden darüber reden. Das konnte ich verstehen.

Gegen 8 Uhr rief ich bei meiner kleinen Schwester an und erkundigte mich nach unserer Mutter. Mutti kam ans Telefon und war in diesem Moment gefasst. Sie erzählte mir, dass sie das Telefonbuch durchforstet hätte, um alle aufzuschreiben, die zu benachrichtigen wären. „Können wir nachher zu Selck fahren, um das Nötige zu veranlassen?" Wir wollten sie zum Beerdigungsinstitut begleiten. „Du hast sicherlich noch die gleiche Garderobe von gestern an, daher fahren wir zuerst zu dir nach Hause, damit du dich umziehen kannst. Dann fühlst du dich wohler." Als wir später Mutti von der kleinen Schwester abholten, war Roberta bereits schon da, aufgelöst. Wir fuhren auch am Krankenhaus vorbei, wo wir die persönlichen Sachen unseres Vaters in einem blauen Abfallbeutel erhielten. Wir waren entsetzt. Bei der Beerdigungsfirma war es würdevoller. Wir hatten alle notwendigen Papiere dabei. Es wurden Wünsche geäußert, wie der Sarg aussehen soll, wir suchten eine Grabstelle und Blumenschmuck aus. Den Sarg von innen wollten wir selbst mit Blumen schmücken. Einen Anzug mussten wir noch aussuchen, indem unser Vater begraben werden sollte. Wir alle waren ganz ruhig. Einen Pastor suchte die kleine Schwester aus. Wir trafen ihn zum Gespräch bei unserer Mutter in der Wohnung. Er war ein junger Mensch mit langen krausen schwarzgraumelierten Haaren und einem Vollbart. Da saßen wir nun, wir drei Schwestern mit unseren Männern, nur Alfred war nicht dabei, bei der Mutter im Wohnzimmer um den Tisch herum und erzählten dem Pastor was uns einfiel, über unseren Vater. Ostfriese war er, wie er im Buche stand. Sehr drahtig, schlank mit großen Händen und langen Armen, tiefliegenden Augen, wasserblau, vorstehenden Wangenknochen, kaum noch Haare, große Ohren und einen schönen Mund. Bauer von Haus aus, Soldat im Krieg, Stalingrad, Verwundung, Lungendurchschuss, gerade noch rechtzeitig ausgeflogen worden, Gefangenschaft. Danach eher in sich gekehrt. Maurer gelernt. Hobby war der große Garten, gute Kleidung, Mayser Hüte, Gabor Schuhe, Anzüge von Firma Fritz Sitte, immer Krawatte tragend. Gradlinig. Sehr streng zu seinen Kindern. Familie ging ihm dennoch über alles. Hat viel gearbeitet, um seine Familie zu ernähren. Hat aber auch gerne in gemütlicher Runde zu Hause gefeiert. War ein guter Gastgeber. Hatte den Schalk im Nacken. War ganz besonders stolz auf seinen Enkelsohn Torben. Für seine Frau suchte er gerne selbst Geschenke aus und freute sich, wenn er sie überraschen konnte. Er wusste genau, welche Wünsche sie hatte und was ihr gefiel. Er hatte in allen Dingen einen guten Geschmack.

Am 24. April 1976, an seinem Geburtstag, kamen einige Geschwister aus Ostfriesland und Bielefeld angereist. Sie waren zu Hause 16 Brüder und Schwestern. Natürlich konnte unsere Mutter nicht alle unterbringen. Die Lieblingsschwester von Papa Berendine schlief bei ihr. Karl-Heinz, der Sohn von Berendine und mein Lieblingscousin schlief bei uns und die anderen suchten sich ein Quartier. Zunächst wurde die Kaffeetafel gedeckt und alles redete durcheinander. Ostfriesenplatt und andere Dialekte. Pitt kam später mit Torben dazu. Er hatte ihn von der Schule abgeholt. Die Ostfriesen waren total entzückt von dem schmucken kleinen Jungen mit dem schwarzen Haar. „Das ist ja ganz der Vater." Und beglückwünschten Pitt zu seinem Sohn. Roberta, schon leicht angetrunken, lallte lauthals und rief in die Runde: „Das ist ja gar nicht sein Vater! Hahaha." Ihr Gesicht verzog sich zu einer Fratze und ihre Gesichtszüge entgleisten in alle Himmelsrichtungen. Für einen Moment, schien die Zeit stillzustehen. „Um Gottes Willen", dachte ich. Torben schaute mich entsetzt und fragend an. Alle waren stumm geworden. Am Liebsten hätte ich meine Schwester geschlagen. Mir war schlecht vor Wut und ich hatte Bauchschmerzen. Ich lenkte Torben ab und wir gingen einfach darüber hinweg, aber die Stimmung blieb bedrückt. Pitt und ich wollten die Verwandtschaft nicht aufklären. Es war für uns beide kein Thema. Torben kannte zu diesem Zeitpunkt seine richtige Herkunft noch nicht. Das wollten wir bei passender Gelegenheit klären. Gott sei dank hatte mein Sohn das schnell vergessen. Er hatte sowie kein gutes Verhältnis zu seiner Patentante Roberta. Sie hatte sich nie um ihn bemüht. Er durfte sie nie allein besuchen. Sie hat dem Jungen niemals Schokolade oder einen Lolli mitgebracht. Einmal hat sie ihm zum Geburtstag einen selbstgestrickten Pullover aus Wollresten mit leichten Puffärmeln per Post geschickt. Er war doch kein Mädchen. Ich habe das Paket wieder zurückgehen lassen. Als unser Vater noch lebte und wir alle beisammen saßen, benahm sich Torben störrisch und neckte seine Tanten. Roberta wurde das zu viel und sie schrie mich an: „Nimm dein Balg und geh!" Wir waren alle schockiert. Papa sagte ruhig: „Mein Enkelkind und Patenkind nennt niemand ein Balg! Der beleidigt auch mich. Wenn dir hier etwas nicht passt, du weißt ja, wo der Maurer das Loch gelassen hat. Du kannst jederzeit gehen! Das ist immer noch meine Wohnung!" Für Papa war die Familie wichtig. Mit jeder Tochter, die er verheiratete, ging ein Stück verloren. Er litt darunter, aber er sagte nie etwas. Je öfter er mit allen anderen aus der großen Familie, wie auch mit den Schwägerinnen und Schwager zusammentraf, begegneten sie sich offener. Man konnte Spannungen im Vorfeld abbauen. Nur bei seinen Kindern klappte es nicht. Es gibt nun mal Verwandte, die sich nicht ausstehen können. Das ist Familie. Da war Otto, er sang gerne, Alwin konnte herrlich Geschichten zusammen spinnen, Ingwert hatte den Schalk im Nacken, er war ein Witzbold, eine Ulknudel. Meine Patentante Olga, älter als meine Mutter, liebevolle Geschäftsfrau, mit beiden Beinen im Leben und ihrem Walter, der gezeichnet aus dem Krieg heimgekehrt war. Mit ihren Ehepartnern zusammen, war es immer eine tolle Mischung. Man hatte viel Spaß miteinander und man vertrug sich. Das war anders, wenn meine Schwester mit ihrer Familie dazukam, dann konnte es peinlich werden. Sie fand nie den richtigen Zeitpunkt, ihre Ausführungen zu beenden. Sie sprach ununterbrochen und zog über alle möglichen Leute her. Das war für alle Anwesenden unangenehm.

Am 26. April 1976 fand die Beisetzung meines Vaters statt. Der Wettergott meinte es immerhin gut mit uns allen. Die Sonne strahlte vom Himmel. Das junge Grün der Bäume auf dem Friedhof, die gelb und weiß blühenden Rasenflächen, wie ein prächtig duftender Teppich ausgebreitet, das Vogelgezwitscher in den hohen Bäumen machte alles unwirklich. Papa hätte sich bestimmt über diesen Frühlingstag gefreut. Er liebte das Erwachen der Natur. Es war eine würdige Trauerfeier. Die kleinen Kinder waren nicht dabei. Die Tochter von Roberta Rosanna, sechs Jahre alt und Torben. Der Pastor erzählte von unserem Vater so anschaulich, als hätte er ihn selbst gekannt. Die sangesfreudige Verwandtschaft von Mutti und die Meute der Ostfriesen füllten die Kapelle mit Gesang. „Großer Gott wir loben dich" und „Lobet den Herrn". Bei der anschließenden Kaffeetafel im Rosenhof, ging es harmonisch zu. Im Holsteinischen Courier erschien am nächsten Tag ein ehrender Nachruf auf Papa von der Firma August Horn & Söhne, seinem Arbeitgeber. Das hat unsere Mutter sehr bewegt.

Meine Mutter und ich haben die keine Träne vergossen. Ich konnte nicht weinen. Sonst gingen mir Trauerfeiern immer an die Nieren, aber bei meinem eigenen Vater war es anders. Als wollte ich mir die Tränen aufsparen für einen anderen, passenderen Moment, in dem ich nur für mich war. Der Tag war wie mit einem Schleier überlegt.

Die nächsten Wochen und Monate vergingen mit viel Arbeit für mich nach Dienstschluss bei meiner Mutter. Ich saß stundenlang an der Schreibmaschine, um die Berufsunfähigkeitsrente von Papa in eine Erwerbsunfähigkeitsrente ändern zu lassen. Da waren die Gutachten verschiedener Krankenhäuser, Rehastationen, Berichte der behandelnden Ärzte, Gewerkschaft, Sterbekasse, Krankenkasse, Banken und weitere Behörden mussten benachrichtigt werden. Papa hatte seine Sachen gut geordnet. Es war leicht, sich in den Nachlass einzulesen. Ein Testament bestand nicht. Wie ich die Lage überblickte, konnte meine Mutter auf eine gute Summe zum Leben zurückgreifen. Ich gab ihr eine schriftliche Erklärung, dass ich auf mein Erbe verzichtete. Dann bekniete ich sie, dass auch die beiden anderen Töchter verzichten müssten, damit keine von ihnen Anspruch auf einen Teil des Geldes hätte. Auch sollte sie nichts von dem bevorstehenden Geld erzählen. Drei Jahre müsste sie stillhalten. Dann könnte sie berichten. Die Verjährungsfrist wäre abgelaufen und die anderen könnten keinen Anspruch mehr erheben. „Du solltest dir eine Vollzeitarbeit suchen, um künftig gut über die Runden zu kommen und für deine Rente vorzusorgen", riet ich meiner Mutter. Meine unermüdlichen Bemühungen hatten letzten Endes Erfolg und bescherten ihr eine größere Nachzahlung und eine höhere monatliche Rente.

Unterdessen machte Torben enorme Schwierigkeiten. Er sollte auf die Realschule und hatte überhaupt keine Lust zum Lernen. Ich fühlte mich schlecht, weil ich ihn abends viel vernachlässigt hatte. Pitt hatte Schichtdienst und war auch nicht immer da. Was sollte Torben sich quälen? Es gibt ja noch den zweiten Bildungsweg. Wir bemühten uns beide, jetzt mehr Zeit zu investieren. Sein Abi werde er irgendwann schon einmal schaffen. Von meinen Geschwistern hatte ich wie üblich keine Unterstützung. Es half mir keiner bei den Schreibarbeiten, noch beim Aussortieren der Garderobe von Papa. Noch half man mir, als ich auf Wunsch von meiner Mutter die Wohnung neu tapezierte. Mutti wollte sich neu einrichten, zugeschnitten auf eine alleinstehende Frau. Meine Schwester versprach unserer Mutter, sie auf der nächsten Urlaubsreise mitzunehmen. Es kam nie dazu. Mir fehlte plötzlich mein Vater. Mit ihm hatte ich doch stets solche Probleme gewälzt. Was mache ich denn jetzt? Wer baute mit mir große Luftschlösser am Telefon, wenn er mich jeden Sonntagmorgen anrief, seit dem ich von zu Hause weggezogen war? Für seine Witwe war es nicht so leicht, eine gut bezahlte Arbeit zu finden, ohne richtige Ausbildung mit 53 Jahren. Immer nur Gelegenheitsarbeiten, wie Saubermachen, ihrer Schwester im Obst- und Gemüseladen zu helfen oder auch auf dem Wochenmarkt zu stehen. Vor Vaters Tod half sie manchmal bei einer Blumen-, Obst- und Gemüsehändlerin im Laden aus.

Pitt und ich waren unterdessen auf der Suche nach einer neuen Bleibe, auch nach einem Haus. Ich sprach mit meiner Mutter darüber, die es gleich den Schwestern erzählte. Durch einen dummen Zufall wurden Roberta und ich noch zu engen Nachbarn. Da spielt mir das Schicksal einen bösen Streich. Wir fanden kein geeignetes Objekt und blieben erst einmal dort wohnen. Dann zog Roberta unerwartet in einen Nachbarblock. Jetzt sah sie ständig von ihrem Küchenfenster auf unsere Garage und konnten so mitbekommen, wenn wir nicht da waren. Torben und seine Freunde machten oftmals Streiche und leider besonders bei seiner Patentante. Sie beschmierten den Türgriff zur Wohnung mit Lakritz, stopften einen toten Vogel in den Briefkasten und warteten hinter Büschen ab, was passieren würde. Alfred flippte aus. Er beschimpfte die Jungen und als sie mit ihren Fahrrädern abdampften, raste er mit seinem Fahrrad Torben hinterher. „Hundesohn" war noch das Geringste, „Ich bring dich um!" das Schlimmste. War unsere Beziehung vorher schon nicht gut, als Nachbarinnen eskalierte es. Ich fragte eine Schiedsfrau um Rat. Es kam zu einer gequälten Einigung. Man sollte sich die Hände reichen, was wir auch taten. Roberta: „Das kostet ja nichts." Die Schiedsfrau musste sie trotzdem bezahlen. Wir trennten uns. Bei den beiden wurde es noch eine lange Nacht. Sonst war das Licht stets gegen 22 Uhr aus, jetzt brannte es bis spät nach Mitternacht. Es war auch einiges auf den Tisch gekommen, wovon Alfred nichts wusste. Am nächsten Tag klagte sie unserer Mutter ihr Leid. Ich dagegen wollte sie nicht damit belasten. Keine Chance. Mutti rief mich gleich danach an und wollte, dass wir uns versöhnen, weil Roberta ihr gesagt hatte, der Bruch sei jetzt endgültig. Dann gab es wenigstens eine Entlastung in der Nachbarschaft. Kurze Zeit später zogen sie in eine kleine Wohnung in die Bismarckstraße, neben der Schiedsfrau.

Durch eine Empfehlung bekam Mutti die Chance in einem Porzellanladen mit Haushaltsartikeln und Werkzeugen aller

Art, ganztags an der Kasse zu stehen. Es war praktisch, zumal sie oben in dem Geschäftshaus wohnte. In dem Jahr von Papas Tod starb auch eine Cousine zweiten Grades an den Folgen eines Verkehrsunfalls. Es war Renates Tochter und Enkelin von Hilda und Ingwert. Sie war noch so jung und ein Sonnenschein, intelligent und sah gut aus. Mutti und ich gingen zur Trauerfeier und wir haben von Anfang bis Ende geweint. Endlich, ja endlich konnten wir den Tränen freien Lauf lassen. Es war wie eine Befreiung. Die Versteinerung löste sich. Ich vermisste meinen Vater. Ich hätte ihm doch noch so viel zu sagen gehabt. Regelmäßig suchte ich sein Grab auf, um mit ihm zu reden. Ich erzählte alles, was mich bewegte. Wir nahmen Mutti die folgenden Jahre an den Wochenenden mit nach Dänemark an die Nordsee und auch an die Ostsee zusammen mit unseren Freunden Marion und Harald. Auch verbrachte sie die Wochenenden im Sommer mit uns im großen Wohnwagen in Damp. Manche Wochenenden schlief sie bei uns in der Wohnung. Sie konnte nicht allein sein. Schlechte Stimmung war allerdings vorprogrammiert. Sie mischte sich ständig in unser Eheleben ein, machte Torben noch bockiger, als ein pubertierender Bursche schon sein konnte, während Pitt flüchtete. Es gab viele Momente, an denen ich mich von allen hätte scheiden lassen können. Von meinen Schwestern hatte keine regelmäßig an Wochenenden Zeit, für die Mutter mal da zu sein. Fast vier Jahre lang lag diese Last bei uns. Im Porzellanladen wurde Muttis Leben nach etwa vier Jahren Witwendasein nochmals total auf den Kopf gestellt. Karl hieß er, wie ihr Vater. Wir konnten endlich aufatmen und gönnten ihr diesen herzlichen Mann von ganzem Herzen.

Muttis 80. Geburtstag – Verwandt mit Königs?

Mutti hatte mit ihrem Karl die Jahrtausendwende gefeiert. Pitt und ich waren die einzigen Besucher. Karl saß im Rollstuhl nach seinem schweren Schlaganfall vor einigen Jahren. Er hatte aber seinen Humor nicht verloren und konnte sich königlich über alles freuen. 2001 im Oktober starb er dann. Er bekam ein Einzelgrab weit draußen. Alle waren da, seine Kinder, seine Freunde und ehemalige Nachbarn und meine Verwandtschaft. Die Wege waren eng und man stand weit auseinander. Roberta, Alfred und Ingrid mit ihrem Mann drängelten sofort nach Kallis Familie an das offene Grab. Man schob mich wieder einmal auf den hinteren Platz. Bei dem anschließenden Kaffeetrinken saßen wir weit auseinander und würdigten uns keines Blickes.

Mutti wohnte noch allein in seinem Haus und suchte für sich eine kleine Wohnung. Wir waren inzwischen in die Nähe gezogen. Jeden Morgen, bevor ich mit dem Fahrrad zum Dienst fuhr, sah ich rund um ihr Haus, ob alles in Ordnung war. Manchmal war sie schon auf und sie begrüßte mich glücklich durch das Badezimmerfenster. Sie war froh, wenn sie morgens jemanden sah, den sie kannte. Ich glaube, sie hatte nachts große Angst. Ingrid war ihr dabei behilflich, in der Nähe eine 2 ½ Zimmerwohnung zu finden. Ich tapezierte alle Räume, großes Wohnzimmer mit Durchbruch zum kleineren Raum, Schlafzimmer, Flur. Küche und Bad waren in Ordnung. Den Umzug organisierte ich auch allein. Ingrid und Roberta räumten später die Garderobe und das Geschirr ein. Wir begegneten uns in dieser Zeit nicht. Es war alles mit Mutti abgesprochen. 2003 ihr 80. Geburtstag. Die Feier sollte nicht in ihrer Wohnung stattfinden. Das war zu viel Aufregung für sie. Gartencafé Scheffler wurde ausgesucht. Der Wirt und die Wirtin waren mit unserer Mutter bekannt und richteten einen größeren Raum her. Ein großer Tisch stand für Blumen und Geschenke bereit. Die anderen Tische waren festlich gedeckt für das Buffet. Ingrid und Hardy kamen nur kurz vorbei, angeblich eine Grippe. Roberta und Familie ließen sich, solange ich mit meiner Familie da war, nicht sehen. Da waren die Cousinen gleichen Alters wie meine Mutter, Freunde und die Kinder von Kalli mit Familien. Als alle saßen und gemütlich speisten, wurden Reden gehalten. Ich hatte auch etwas vorbereitet, denn ich wollte diesen besonderen Anlass würdigen.

Liebe Mutti
„Einige Stationen aus Deinem Leben: Du bist das Ergebnis von Völkervereinigung, von Zugereisten und Eingeheirateten.

Deine Urgroßeltern mütterlicherseits stammten aus Ostpreu-
ßen. Deine Mutter Bertha Auguste Muhs, geborene Marquardt,
erzählte immer, sie sei auf einem Schloss geboren. Tatsächlich
erblickte sie das Licht der Welt am 31. August 1887 auf Gut
Mühlentierenberg in Tierenberg/Ostpreußen. Dein Vater Karl
Hinrich Muhs, geboren am 30. September 1881, stammte aus
Damsdorf hinter Bornhöved. Er ging aus der Verbindung Dei-
nes Opas väterlicherseits, Heinrich Friedrich Muhs, angestellt
in der Mühle von Gut Thierenberg bei Fischhausen/Samland
mit der Schwedin Cäcilie geborene Nielsdotter (später einge-
deutscht als Cäcilie Nielsson) ebenfalls in Thierenberg tätig,
hervor. Und nun das wirklich ungewöhnliche: Sie soll unehe-
lich von einem schwedischen Prinzen/König gezeugt und außer
Landes gebracht worden sein! Das muss so um 1865 plus/mi-
nus fünf Jahre gewesen sein. Als Erzeuger kämen demnach nur
in Frage Karl XV 1826–1872, Sohn von Oskar I, oder Oskar II,
1829–1907, Sohn von Oskar I, aus dem Haus Bernadotte. Man
hatte seinerzeit etliche Mätressen am Hofe. Da hätten wir es:
Ostpreußischer Dickschädel, Holsteiner Sturheit, schwe-
disch-nordische Fröhlichkeit und im kleinen Finger eine Spur
blauen Blutes! Deshalb Deine Vorliebe für die europäischen
Königshäuser.

Dein Vater Karl Hinrich kam von einem großen Hof. Voll-
hufnerhof nannte man es früher. Er hatte mindestens zwölf
Pferde. Das war in Damsdorf. Von dort verzog die Familie
nach Brokenlande und ließ sich dann später in Neumünster
nieder. Die Plöner Straße wurde zu Deiner Heimat und Neu-
münster sowieso. Wie das früher so üblich war, hatte man viele
Geschwister. Karl, Otto, Alwin, Olga, Hilda, Helma. Du be-
suchtest die „Erste Mädchen Volksschule" in Neumünster und
hast anschließend Dein Pflichtjahr absolviert und in einer
Schlachterei gearbeitet. Dann lerntest Du das Kochen im
Bahnhofshotel. Mit Deinen Freundinnen bist Du nach Feier-
abend zum Tanzen ins Hotel UNION gegangen, es war gleich
nebenan, meistens in den schwarzen glänzenden Seidenkitteln
vom Bahnhofshotel. 1943 lerntest Du Harm Wilke Bonne M.
kennen, der am 24. April 1916 in Manslagt/Ostfriesland gebo-
ren worden war. Am 18. April 1944 habt Ihr geheiratet und
1945 kam er aus Gefangenschaft zurück. Da hatte er schon
zwei Töchter. Torben hat ein altes Foto von 1944 von Euch

beiden vergrößert. Man kann gut drauf erkennen, wie schwer und wie wenig erbaulich die Zeiten damals waren. Für uns Kinder war die Zeit toll. Wir hatten doch alle viel Freiheit und konnten über sämtliche Höfe der Nachbarn und durch manche fremde Gärten toben. Einige Höfe wurden uns aber verboten. Erlaubt war der Ausgang bis Kohlenhändler Pries auf unserer Seite und auf der anderen bis Nr. 27. Wir wuchsen mit Schweinen, Kaninchen, Hühnern und Enten auf, hatten zum Rumtoben einen großen Hof und für ruhigere Stunden den Garten.

Liebe Mutti, es muss einmal gesagt werden. Du hast viele Talente. So hast Du beispielsweise für Dich selbst, für uns und für andere Leute Kleider genäht. Du hast aus wenigen Lebensmitteln große Essen gezaubert und wenn Du den Kochlöffel geschwungen hast, war das nicht immer nur der Suppe wegen. Du hast uns das Häkeln, Stricken und Nähen beigebracht und hast mit uns gebastelt. Viele Deiner Fähigkeiten haben wir geerbt. Wie damals, trägst Du heute noch gern Rock und Bluse und isst am liebsten Eintopf. Das Singen hatte bei Dir und Deinen Geschwistern Tradition. Wenn da die ganze buckelige Verwandtschaft – wie Papa immer zu sagen pflegte – zum Feiern antrat, wurde immer kräftig gesungen: Glühwürmchen, Glühwürmchen ...
Und Ihr habt viel gefeiert und gesungen. Als es Euch nach Abschluss unserer Schulzeit und Berufsausbildung finanziell endlich gut ging, starb Papa 1976. Viel verreisen konntet Ihr nicht. Da war das Haus, der Garten, die Kinder, das Viehzeug. Mal nach Ostfriesland und Bielefeld oder Busreisen. Papa war mal auf Buttertour nach Dänemark und wurde auf der Rückfahrt eingeschneit. Aber das ist eine ganz spezielle Geschichte. 1979 trat dann Kalli in Dein Leben und das mit ganzer Wucht! Am 1. Juli 1980 seid Ihr zusammen gezogen. Ich glaube, Ihr hattet eine tolle Zeit zusammen. Ihr habt alles das nachgeholt, was Ihr aufgrund der Umstände früher nicht machen konntet. Eure Reisen führten Euch nach Hessen zu Helma, in die DDR zu Bruno, nach Polen und ganz oft nach Föhr. Dort warst Du am liebsten. Viele Festlichkeiten und große Feste habt Ihr gemeinsam besucht, oftmals ganz schön aufgerüscht! Ihr seid gerne unterwegs gewesen. Die letzten Jahre hast Du Kalli in bewundernswerter Weise aufopfernd gepflegt bis zu seinem

Tod. Du hast es damit abgetan: Wir hatten 15 sehr gute Jahre
– nun kommen die weniger Guten. Nun bist Du allein. Aber
umgeben von einer sehr großen Familie. Deine und Kallis Kin-
der. Und Freunde. Ich glaube, Du sammelst Menschen. Nun
hast Du auf deine alten Tage Deine erste eigene Wohnung! Du
hast sie alleine bezogen. Du durftest sie nach Deinem Ge-
schmack und Bedürfnissen allein einrichten. Du – das machen
andere schon mit 18!

Wir wünschen Dir, dass Du Dein Leben noch so richtig ge-
nießt, viel Kontakt zu Leuten hast und vielleicht noch einige
Ausflüge oder Unternehmung machen kannst. Wir werden
Dich dabei unterstützen. Bleib noch lange gesund und munter,
wir brauchen Dich noch. Danke, dass Du immer für uns da
warst.

Deine Greta

Abschied aus dem Knast

Nach 43 Jahren im Strafvollzug bin ich vorzeitig in den Ruhestand gegangen. Nicht aus Frust, sondern es gefiel mir gerade
gut. So habe ich diese lange Zeit in bester Erinnerung. Ich habe
mehrere Anstaltsleiter er- und überlebt. Der Absprung im November 2008 war nicht leicht, vor allen Dingen am Anfang. Ich
überbrückte ihn mit ausgiebigen Bummeln durch Hamburg,
Kiel und Flensburg. Mir fehlten die täglichen Gespräche, das
Miteinander, die Späße die wir machten und das Fachsimpeln
über Gott und die Welt. Und meine Kolleginnen und Kollegen
vermisste ich auch.

Der Ausgleich war nach einer Übergangzeit dann doch ge-
funden. Ich organisierte für mich eine Ausstellung meiner Bil-
der bei Karstadt und fertigte noch etliche an, zumal man mindestens 30 Gemälde haben musste. Ein über die Jahre gewach-
senes liebstes Hobby war die Malerei. Dafür hatte ich mich
stets weiter gebildet und auch meinem eigenen Stil entwickelt.
In meinem Unruhestand verabrede ich mich mit meinen lang-
jährigen Freundinnen und Anhang, gehe regelmäßig zu Klas-
sentreffen, besuche ehemalige Kolleginnen und einen liebge-

wonnenen Kollegen und seine Frau. Ich veranstalte große Gartenpartys mit allen Freunden und Nachbarn zusammen, habe Spaß und Abwechslung mit Gleichgesinnten an der Volkshochschule und in Workshops zum Malen. Fertige für Bekannte und Freunde Gemälde in Öl oder Acryl nach Auftrag an. Organisiere für mich Ausstellungen, besuche Galerien, fahre gerne Rad und genieße meinen großen Garten. Außerdem treffe ich mich mit Interessierten für das Schreiben von Gedanken und Erlebten bei einer Journalistin. Die langen Urlaubsreisen sind weniger geworden. Schleswig-Holstein hält mich gefangen. Es gibt noch viele schöne Gegenden zu entdecken und Anregungen zum Malen. Ich liebe die Jahreszeiten, ganz besonders den erwachenden Frühling, dann den Sommer am Wasser oder im Garten, den Herbst mit seinem schönen Laub und vor allem, liebe ich den Winter mit ausgiebigen Spaziergängen in Wald und Feld. Und natürlich die Adventszeit und die Vorbereitungen auf Weihnachten. Das Haus und den Garten mit Lichterketten auszustatten, ist für mich jedes Jahr eine Freude. Mit meinem Mann mache ich oftmals die Kaufhäuser und Boutiquen umliegender Städte unsicher und wir lassen uns in schönen Restaurants oder Cafés verwöhnen. Uschi und Wolfhard wohnen jetzt in Lübeck, nachdem sie etwas mehr als vier Jahre in Italien gelebt haben. Trotzdem können wir uns nicht so oft sehen. Das ist schade. Sie sind mir sehr ans Herz gewachsen. Aber wir telefonieren ständig.

Der unwürdige Tod

Der Tod meiner Mutter 2011 hat nichts verändert. Ich hatte sowieso keine Verbindung mehr zu meinen Schwestern. Sie bestand zum Teil seit 30 Jahren nicht mehr. Ich erfuhr von dem Tod der Mutter durch Ingrid und ihrem Ehemann, die den Mut aufbrachten, an meiner Haustür zu klingeln. Ich war im Garten, um den neuen Holzpavillon zu streichen. Pitt kam zu mir raus und sagte, dass meine jüngste Schwester vor der Tür stehen würde und geklingelt hätte, er aber nicht geöffnet habe. Ich öffnete die schwere im Knast gefertigte mit Milchglas versehene

Eisentür zum Garten zwischen dem Haus und der Garage einen Spalt. Ich ahnte nichts Gutes. Ingrid teilte ohne lange Vorrede mit: „Mutti ist tot!" Ich konnte es nicht fassen, denn am Vorabend war ich noch bei ihr. „Es ging ihr doch wirklich gut", sagte ich erschüttert. „Ja, so schnell kann es gehen," entgegnete Ingrid unbeholfen. Von ihrem Mann Hardy kam gleich die Ansage: „Das mit der Beerdigung machst Du!" An dieser Stelle zeigte sich wieder unser schlechtes Verhältnis zueinander. Gerade war die Mutter verstorben. Ich war erschüttert und traurig, aber Schwester und Schwager stritten um die Zuständigkeiten für die Beerdigung. Das machte mich fassungslos und wütend. Ich hatte schon alles für die Beisetzung unseres Vaters alleine machen müssen. Da hatte mir niemand geholfen. „Nein!" Ich wiederholte noch einmal und es fühlte sich gut an. „Nein, dafür bin ich dieses Mal nicht zuständig." Ich schloss die Farbdose, legte den Pinsel und die Farbrolle ins Wasser und ging ins Haus. Automatisch zog ich meine Arbeitsbekleidung aus, machte mich frisch. Ich holte mein Fahrrad aus der Garage und sagte zu meinem Mann: „Ich muss jetzt ein bisschen allein sein." Ich fuhr ziellos durch die Gegend. Es war ein warmer Junitag. Trotz des Kummers machte sich plötzlich ein besonderes Gefühl in mir breit. Ich fühlte ich mich frei, frei! Ich muss nie wieder mir die Geschichten von meinen Schwestern anhören, die meine Mutter ständig bei mir ablud. Ich musste nicht mehr schön tun, damit meine Mutter nicht gekränkt wurde. Es war überstanden. Nie mehr lügen. Es hört sich hart an, aber all diese Jahre, dieser Kampf und Unfrieden haben mich unendlich belastet. Ich war traurig über den Tod meiner Mutter, aber auch erleichtert, dass alles ein Ende hatte.

Die Beisetzung fand ohne mich und meine Familie statt. Man hatte den letzten Wunsch unserer Mutter nicht erfüllt. Sie wollte wie ihr verstorbener Lebensgefährte im Sarg in der Kapelle vor dem Altar stehen. Aber es wurde ganz anders. Die beiden Schwestern gingen nach ihren Befindlichkeiten vor. Es fand Wochen später nur die Urnenfeier und Beisetzung statt. Das hatte Mutti nicht so gewollt und nicht verdient. Auch hat Torben von seinem Opa als erstgeborener Enkel das Eiserne Kreuz nicht erhalten, wie es vorgesehen war. Aber ich war es gewohnt, dass man mich überging. Meine Schildkrötpuppe wurde mir damals geklaut, als ich meinen Sohn bekam. Was brauchte ich eine Puppe? Das Taufkleid von Torben nahm sich die Mutter von Hardy, ohne zu fragen. Sein ersten Schuhe waren auch plötzlich weg. So war es auch mit dem Erbe unserer Mutter. Viele von meinen Geschenken, die noch im Februar zu ihrem Geburtstag da waren, verschwanden plötzlich auf seltsame Weise. Auch ein goldenes Kaffeebesteck mit Porzellaneinlage und Vogelmotiven. Ingrid tat es schriftlich auf meine Anfrage damit ab, dass meine Mutter wohl nicht mehr wusste was sie tat und wohl einiges weiter verschenkt hatte. Man entsorgte einen großen Teil ihrer Möbel. Dabei hätten bestimmt viele Cousinen, die gleichen Alters wie Mutti waren, vieles zum Andenken genommen.

Ich blieb dieser Veranstaltung fern. Meine Mutter hätte es verstanden. Sie wusste von mir, dass ich lieber auf alles verzichtete, um Streit und Unstimmigkeiten aus dem Weg zu gehen. Ich kam seit Jahrzehnten nicht mehr zu gemeinsamen Treffen, an denen meine Schwestern teilnahmen. Und es geht mir gut dabei und ich möchte es auch nicht geändert haben. Viele meiner Bekannten wissen gar nicht, dass ich noch Geschwister habe und meine Freunde fragen nicht. Sie sind nicht so neugierig. Bis heute ist mir nicht bekannt, woran meine Mutter gestorben ist. Man hat es mir nicht erzählt. Ich habe meine Mutter noch wenige Stunden vor ihrem Ableben mit Torben besucht und sie noch in guter Stimmung erlebt. Diesen Eindruck habe ich mir bewahrt und bin froh darüber, dass ich mit ihr die Grabstelle neben ihrer viel zu früh verstorbenen sehr geliebten Stieftochter Bine, Tochter von Karl ihrem Lebensgefährten, ausgesucht hatte. Nun sind beide nicht so allein und bekommen immer viel Besuch.

Epilog

Im Nachhinein habe ich aus allem viel gelernt und dadurch Kraft, Hoffnung und Zuversicht für mein späteres Leben erlangt. Das Erwachsenendasein gab mir Aufgaben an die Hand, an denen ich gewachsen bin. Mein erster Mann zeigte mir in wenigen Stunden, wie es nicht sein sollte. Der Alkohol hätte uns alle ins Unglück gestürzt. Meine am dritten Tag nach der Hochzeit gezogene Notbremse hat mich und meinen Sohn gerettet. Das gab mir unheimlich viel Selbstvertrauen und positives Denken für die Zukunft. Es gab mir Kraft, mit allem fertig zu werden. Mein Sohn, meine eigene Wohnung, mein toller Beruf und meine Freundinnen halfen mir dabei. Mein zweiter Ehemann brachte Liebe, Geborgenheit, Stütze und Verlässlichkeit in unser Leben. Obwohl er von einigen in der Familie abgelehnt worden war. Sein ausgeprägter Familiensinn kam bei meiner Familie nicht gut an, was ich bis heute nicht verstehen kann. Besonders Stolz bin ich auf meinen Sohn. Seine Zuverlässigkeit, seine Ehrlichkeit, seine Strebsamkeit und seine überragende Intelligenz machen mich manchmal sprachlos. Seine Gradlinigkeit und seinen guten Geschmack hat er von meinem Vater. Ich kann mich auf meine beiden Männer immer verlassen. Unser Leben verläuft mit all unseren Freunden, einigen Cousinen und einem Cousin total herzlich, ohne Zank und Streit und Neid. Einander achten und Toleranz ist das erste Gebot. Auch wenn ich wohl nicht gewollt war, der Herrgott hat es gerichtet und hat mich reich beschenkt.

Ende

Danke

an Mutti, an Ingeborg (s. Titelbild)
an Werner, Helga und Renate
für die Geschichten und Erzählungen
Danke an Alexandra Brosowski
für die Begleitung und Anregungen
Danke an meinen Mann für sein Verständnis
Zur Erinnerung an meinen Vater, der 2016
100 Jahre alt geworden wäre.